HANS KRUPPA

Der dritte Wunsch

Buch

Gabriel Kuhn ist angehender Schriftsteller. Wie ein Eremit hat sich der Dreißigjährige in ein Häuschen am Rande der Natur zurückgezogen, um zu schreiben. Da taucht eines Tages überraschend sein alter Studienfreund Vincent Gebhard auf und bringt Bewegung in Gabriels ruhiges Leben. Denn Vincent lädt ihn ein zu einem Treffen mit dem berühmten Romanautor Nicolas Wasserstein, Gabriels großem Vorbild. Aber nicht Wasserstein hat es Gabriel nach diesem Abend angetan, sondern dessen junge Geliebte, die schöne Malerin Leila Iwen. *»Leila war die Frau meiner Träume, die sich in die Wirklichkeit verirrt hatte.«* Das Schicksal führt die beiden kurz darauf wieder zusammen, und sie erleben unfreiwillig die »Liebe auf die erste Berührung«. Endlich hat Gabriel gefunden, was er nicht mehr zu finden gehofft hatte: seliges, überschäumendes Glück. Ein Glück, das von Anfang an durch Wassersteins Eifersucht bedroht ist. Doch Leila will ihre Liebe zu Gabriel leben. Da geht Wasserstein bis zum Äußersten ...

Eine intensive und poetische Liebesgeschichte vom »Meister der deutschen Liebeslyrik«, die niemanden unberührt läßt.

Autor

Hans Kruppa, 1952 in Marl/Westfalen geboren und dort aufgewachsen, studierte Anglistik und Sport in Freiburg und lebt seit 1981 als freier Schriftsteller in Bremen. Kruppa hat bisher mehr als 30 Bücher veröffentlicht, darunter Gedichtbände, Aphorismensammlungen, Romane, Erzählungen und Märchen.

Außerdem von Hans Kruppa bei Goldmann

Am liebsten mit Dir. Liebesgeschichten (42757) · Das Glück ist immer unterwegs. Gedanken (9712) · Du lebst in mir. Gedichte (9716) · Ein Abend mit Dir. Roman (9234) · In deiner Nähe. Liebesgedichte (41157) · Kaito. Ein Märchen (41085) · Liebesgedichte (9266) · Lust auf Leben. Gedichte (9713) · Nur für dich. Gedichte (8869) · Nur wer sich liebt. Gedichte (8971) · Schau mal rein. Gedichte (8920) · Magische Momente. Gedichte (9714) · Lichter der Hoffnung. Gedichte (43033) · Delphine. Roman (43445)

HANS KRUPPA

Der dritte Wunsch

Roman

GOLDMANN

Umwelthinweis:
Alle bedruckten Materialien dieses Taschenbuches
sind chlorfrei und umweltschonend.

Der Goldmann Verlag
ist ein Unternehmen der Verlagsgruppe Bertelsmann

Originalausgabe 6/97

Umschlaggestaltung: Design Team München
Umschlagfoto: Elke Hesser, Paris
Satz: DTP-Service Apel, Laatzen
Druck: Elsnerdruck, Berlin
Verlagsnummer: 43751
Redaktion: Janka Panskus
JP · Herstellung: Sebastian Strohmaier
Made in Germany
ISBN 3-442-43751-2

1 3 5 7 9 10 8 6 4 2

Die Liebe ist
eine köstliche Blume,
aber man muß den Mut haben,
sie am grausigen Rand
eines Abgrunds zu pflücken.

STENDHAL

1

Die Kette der Ereignisse, die mich zu einem anderen Menschen gemacht haben, begann am 18. August 1995, wenige Tage nach meinem dreißigsten Geburtstag. Es war ein heißer, schwüler Tag, nicht der erste in diesem Jahrhundertsommer.

Ich hatte trotz der drückenden Hitze stundenlang am Schreibtisch gesessen. Gegen sechs Uhr stand ich auf, um mir ein Abendessen zu machen. Auf dem Weg zur Küche warf ich einen flüchtigen Blick durch das Nordfenster und entdeckte einen Mann mit einem Rucksack auf der Höhe der Flußbiegung, der sich meinem Haus mit gleichmäßigen Schritten näherte.

Ich nahm das Fernglas in die Hand, um ihn mir genauer anzusehen – und traute meinen Augen nicht: Wer da den Weg zu mir gefunden hatte, war niemand anders als Vincent Gebhard! Wir hatten als Studenten zusammen in einer Wohngemeinschaft gelebt und waren in dieser Zeit gute Freunde geworden. Dann wechselte ich die Universität, und wir verloren uns aus den Augen, doch nicht aus dem Sinn. Seitdem bekräftigten wir unsere Freundschaft mit einem sporadischen, aber zuverlässigen Briefwechsel. Ich überlegte, wie lange wir uns nicht gesehen hatten. Es mochten vier Jahre sein.

Ich legte das Fernglas auf den Schreibtisch, trat auf die Terrasse hinaus und winkte Vincent mit beiden

Armen zu. Er entdeckte mich und erwiderte meinen Gruß. Ich sprang von der Terrasse und ging ihm entgegen, mit Schritten, die wie von selbst immer schneller wurden. Auch sein Gang beschleunigte sich, und schon standen wir uns gegenüber. Er sah gut aus, braungebrannt, sorglos. Seine Augen strahlten, als sei er verliebt. Die Haare waren etwas dünner geworden, ansonsten hatte er sich kaum verändert. Wir umarmten uns überschwenglich.

Ich legte meinen Arm auf seine Schulter und führte ihn zu meinem Haus. Er stellte den Rucksack ab, und wir setzten uns auf die Terrassenstühle. Wir lächelten uns schweigend an. In seinem vorletzten Brief hatte Vincent angekündigt, mich bald einmal zu besuchen. Ich hatte sein Versprechen nicht für bare Münze genommen, doch er hatte es gehalten.

»Du wohnst so idyllisch, wie du es beschrieben hast«, sagte er. »Am Flußufer, ringsherum nichts als Natur. Kein Nachbar in Sichtweite, klare Luft. Und diese Stille – phantastisch!«

»Ja, es ist schön hier. Ich habe Glück gehabt, daß ich dieses Haus mieten konnte.«

»Es war gar nicht so leicht, es zu finden«, sagte Vincent. »Na, und wie geht es dir so, Gabriel? Hast du deinen Roman schon beendet?«

»Das letzte Kapitel macht mir Schwierigkeiten. Ich weiß nicht, wie die Geschichte enden soll – aber irgendwann wird es sich von selbst ergeben. Und du reist immer noch durch die Weltgeschichte?«

»Immer noch – und bestimmt noch eine ganze Weile«, sagte Vincent. »Weißt du, ich brauche das Unterwegssein. Ich bin süchtig danach geworden. Es gibt mir ein Gefühl der Freiheit und hält mich innerlich wach. Wenn die Reisekasse leer ist, arbeite ich in der Firma eines Freundes, bis ich genug gespart habe, um wieder frei zu sein. Wovon lebst du eigentlich?«

»Habe ich dir das nicht geschrieben? Von einer kleinen Erbschaft, die ich meinem Großvater verdanke. Die Hausmiete ist niedrig, und ich lebe bescheiden. Ich kann mich so noch ein paar Jahre über Wasser halten. Dann, hoffe ich, werde ich von den Tantiemen meiner Romane leben können. Aber vielleicht ist das nur ein Traum.«

»Das ganze Leben ist ein Traum, aus dem wir mit dem Tod erwachen«, sagte Vincent. »Wir beide versuchen, keinen Alptraum daraus zu machen, jeder auf seine Art. Du in deinem romantischen kleinen Haus, ich auf meinen Reisen.«

Vincent hatte Medizin studiert, ich Französisch und Sport. Ich, weil mir nichts Besseres eingefallen war. Er, um seinen Vater nicht zu enttäuschen – ein Vollblutarzt, der schon vor Vincents Geburt wußte, daß sein Sohn auch Arzt werden würde. Spätestens im sechsten Semester erkannte Vincent, daß sein Vater sich geirrt hatte – und daß er nicht lebte, um seinen Vater in seinem Irrtum zu bestätigen. Er stand kurz davor, sein Studium abzubrechen, hat es dann aber doch beendet, obwohl ihm klar war, daß er nicht als Arzt leben wollte. Der Umgang mit Kranken machte ihn krank. Er konnte es nicht ändern, er war eben anders als sein Vater. Nach seinem

Studium kehrte Vincent der Medizin den Rücken und zog aus, die Welt zu entdecken. Seitdem war fast jeder Brief, den ich von ihm erhalten hatte, aus einem anderen Land gekommen.

»Wer schreibt, der bleibt«, sagte er. »Wer fährt, der begehrt.«

»Und was begehrst du? Immer noch die Freiheit?«

Vincent nickte. »Immer noch und immer wieder. Zumal ich sie kaum kenne.«

»Jetzt hast du sie schon zwei Jahre, deine Freiheit, und kennst sie kaum?«

»Ich glaube, ein Leben reicht nicht aus, um sie ganz kennenzulernen. Manchmal habe ich geglaubt, sie in ihrem innersten Kern zu verstehen. Dann wieder stand sie vor mir wie ein unlösbares Rätsel, das jeden verspottet, der es zu lösen versucht. Eins immerhin weiß ich: Freiheit ist keine Sache, sondern ein Lebensgefühl. Man kann sie nicht haben, nur erleben. Und – man muß sie in sich selbst finden, sonst findet man sie nirgends.«

»Und warum ziehst du dann durch die Weltgeschichte?« fragte ich ihn. »Warum bleibst du nicht zu Hause und suchst die Freiheit auf deinem Sofa, wenn sie ohnehin nur in dir zu finden ist?«

Vincent lachte. »Reisen hilft mir, dieses Freiheitsgefühl in mir zu finden, Reisen ist meine Suchtechnik. Auf meinem Sofa würde ich nichts finden außer Langeweile. Ich muß nach außen gehen, um nach innen zu kommen. Alltagsroutine versklavt mich, lullt mich ein. Ich will wach bleiben. Morgens nicht wissen, wo ich abends schlafe. Orte, Städte und Länder wechseln, wie andere ihre Hemden. Jeden Tag ein neues Leben beginnen, sich an nichts gewöhnen. Das kann ich nur, wenn ich unterwegs bin.«

»Wie hat sich eigentlich das Verhältnis zu deinem Vater entwickelt?« fragte ich Vincent.

»Schlecht. Er wirft mir vor, ich sei dabei, meine Zukunft zu verspielen, doch er meint sein Bild von meiner Zukunft. Als ich das letzte Mal bei ihm war, vor etwa einem halben Jahr, hatten wir eine kurze, aber heftige lebensphilosophische Diskussion. Sie endete damit, daß er mir sein Haus verbot – das Haus, in dem ich aufgewachsen bin. Ich darf es erst im Arztkittel wieder betreten. Ein überzeugendes Schlußargument, nicht wahr? Es sollte wohl pädagogische Wirkung bei mir erzielen, hat aber nur menschliche Enttäuschung bewirkt.« Vincent lächelte. »Aber ein halbes Jahr zuvor hatte mein Vater noch eine gute Tat vollbracht. Mach dich auf eine Überraschung gefaßt, die sich gewaschen hat!«

»Hat sie mit deinem Vater zu tun?«

Er nickte. »In gewisser Weise schon. Er hat die Vorarbeit geleistet, unfreiwillig.«

»Vincent – mach es nicht so spannend!«

Er hob die Hände. »Wie du willst! Dann sag' ich's dir kurz und trocken: Ich bin nächste Woche verabredet – *mit Nicolas Wasserstein*!«

Ich konnte nicht glauben, was Vincent da sagte, und zog ein entsprechendes Gesicht. Vincent schmunzelte, als würde meine Skepsis ihn amüsieren. Nahm er mich auf den Arm, oder sagte er die Wahrheit? Falls es wirklich stimmte, war er zu beneiden.

Ich selbst hatte mir (wie sicherlich die meisten seiner Leser) schon oft gewünscht, diesem international berühmten Schriftsteller einmal persönlich zu begegnen, über den ein angesehener Kritiker urteilte, er schreibe spannend und tiefsinnig, humorvoll und abgründig, inspirierend und irritierend zugleich. Nicht wenige hielten ihn für ein Genie. Drei sensationell erfolgreiche, preisgekrönte Romane hatte er veröffentlicht und ihnen Titel gegeben, die der Widersprüchlichkeit seines eigenen Familiennamens entsprachen: *Vertraute Fremde. Glückliche Verlierer. Endlose Anfänge.* Mit ihnen hatte Wasserstein drei fulminante Werke vorgelegt, an denen alles Substanz war, nichts Hülle oder Dekoration.

Seine in viele Sprachen übersetzten Romane trafen über nationale und kulturelle Grenzen hinweg den Kern der menschlichen Existenz. Die Tiefe des Empfindens und der Reflexion, die unwiderstehliche Intensität des Erzählens hatten Wassersteins Romane zu Weltliteratur im wahrsten Sinne des Wortes gemacht – und ihren Autor zum mehrfachen Millionär.

Vor vier Jahren war sein dritter und bislang letzter Roman *Endlose Anfänge* erschienen. Kurz darauf verschwand Wasserstein spurlos von der Bildfläche. Seitdem kursierten die abenteuerlichsten Gerüchte über seinen Verbleib, aber niemand wußte, wo er sich aufhielt.

»Du bist also mit Nicolas Wasserstein verabredet«, sagte ich.

Vincent lachte. »Du glaubst es nicht. Ich werde es dir erklären. Es war ziemlich genau vor einem Jahr. Ich arbeitete, um meine Reisekasse wieder aufzufüllen, und schlief im Haus meines Vaters. Er hatte zu diesem Zeitpunkt noch Hoffnung, daß ich das annehmen würde, was er für Vernunft hält. Und ich war es leid, immer aufs neue mit ihm zu kämpfen. So war eine trügerische Entspannung in unserem kalten Gesinnungskrieg entstanden. Und als wir eines Abends mit einer Flasche Wein vorm Kamin saßen, sagte er beim dritten Glas: ›Rate mal, bei wem ich morgen nachmittag einen Hausbesuch mache!‹ Um mir Anhaltspunkte zu geben, fügte er hinzu: ›Der Patient ist männlich, um die Fünfzig, international erfolgreich, und er wohnt inkognito in unserer Stadt. Wenn du seinen Namen errätst, nehme ich dich zu ihm mit.‹ Ich hatte nicht die geringste Idee, wen mein Vater meinen könnte. Frag mich jetzt nicht, warum ich beim dritten Versuch auf Nicolas Wasserstein tippte. Nenn es Telepathie, Intuition, Zufall – wie du willst. Meinem Vater sank die Kinnlade auf die Brust. ›Woher weißt du das?‹ flüsterte er. Er flüstert immer, wenn er perplex ist.«

»Unglaublich«, konnte ich nur sagen.

»Aber wahr! Mein Vater sah mich an diesem Abend noch einige Male seltsam an, als sei es ihm unheimlich, daß ich seinen Patienten erraten hatte. Aber auf sein Wort ist Verlaß. Am nächsten Nachmittag fuhren wir also zu Nicolas Wasserstein. Er wohnt keine zwanzig Minuten von uns entfernt. Wasserstein empfing uns persönlich an der Haustür seiner Jugendstilvilla und führte uns in den Wintergarten. Mein Vater stellte mich als seinen Assistenten vor und fragte Wasserstein nach seinem Befinden. Der Art seiner Fragen entnahm ich, daß Wasserstein Probleme mit seinen Bronchien hatte oder gehabt hatte. Mein Vater sah ihm in den Rachen, hörte ihn ab und brummte einige Male zufrieden. Als er sich die Hände waschen ging, klärte ich Wasserstein in aller Eile auf, daß ich nicht der Assistent, sondern der Sohn seines Arztes sei, daß ich seine Romane bewundere und seit Jahren auf ein Gespräch mit ihm brenne. Und dann bat ich ihn inständig, mir eine Chance zu geben. Wasserstein lachte auf, anscheinend hatte ihn meine hastige, intensive Direktheit amüsiert. Er musterte mich ein paar Sekunden, dann sagte er: ›Gut, Sie kriegen Ihr Gespräch, aber Sie müssen noch eine Weile darauf brennen. Warten Sie, ich gebe Ihnen das schriftlich, falls ich es vergesse.‹ Er ging zum Schreibtisch, schrieb etwas auf einen Block, riß den Zettel ab und gab ihn mir. In diesem Moment kam mein Vater zurück aus dem Bad. Ich faltete den Zettel schnell zusammen und steckte ihn in die Tasche.«

»Was stand darauf?« fragte ich.

Vincent zog eine Brieftasche aus der Innentasche seines Rucksacks hervor und entnahm ihr einen verknitterten, handbeschriebenen Zettel, den er behutsam entfaltete und mir reichte. Ich las: »Gutschein für ein Gespräch. Einzulösen am 25. August 1995, um zwanzig Uhr bei mir zu Hause.« Die darunter stehende Unterschrift war so gut wie unleserlich; ich hätte sie nicht entziffern können, wenn ich nicht gewußt hätte, von wem sie stammte. »Am 25. August«, murmelte ich.

»Das ist nächsten Freitag«, sagte Vincent.

Ich konnte es immer noch nicht ganz glauben und fragte ihn: »Warum hat Wasserstein dich ein Jahr lang warten lassen?«

»Vielleicht wollte er prüfen, wie stark mein Interesse ist. Wie auch immer, er wird mich empfangen. In einer Woche werde ich mit ihm an einem Tisch sitzen.«

Ich konnte Vincents Überzeugung nicht ohne weiteres teilen. Es war durchaus möglich, daß Wasserstein nicht mehr dort wohnte, wo Vincent ihm begegnet war. Oder er war verreist. Oder er würde Vincents Klingeln überhören. »Du bist um das Gespräch mit Wasserstein zu beneiden, Vincent – falls es wirklich stattfindet.«

»Es *wird* stattfinden«, behauptete Vincent und sah mich mit seinem jungenhaften Lächeln an. »Tja – und jetzt kommt die nächste große Überraschung! *Ich nehme jemanden mit zu Wasserstein.* Dreimal darfst du raten, wen. Die Person ist männlich, lebt wie ein Eremit und starrt mich gerade an, als würde ich chinesisch sprechen.«

Ich traute meinen Ohren nicht. »Ja, würdest du mich denn zu Wasserstein mitnehmen?«

»Warum nicht?« Vincent trommelte unbekümmert mit seinen Fingerkuppen auf den Tisch. »Der Gesprächsgutschein schließt die Anwesenheit einer zweiten Person nicht aus. Du kommst einfach mit, er wird dich schon reinlassen. Ich weiß, daß ein Gespräch mit Wasserstein dir genauso viel bedeutet wie mir – wenn nicht noch mehr.«

»Das klappt nicht, Vincent! Wasserstein wird dich vielleicht empfangen, aber mich nach Hause schicken. *Falls* er dich überhaupt empfängt, weil du es gewagt hast, jemanden mitzubringen. Wenn du mich mitnimmst, könnte dich das unter Umständen um deine Audienz bringen.«

»Ich glaube nicht. Er hat es meinem Vater damals auch nicht verübelt, daß er mich mitbrachte«, widersprach Vincent.

»Das war doch eine völlig andere Situation! Außerdem – wer sagt dir, ob Wasserstein noch dort wohnt, wo du ihn vor einem Jahr angetroffen hast?«

Vincent lächelte unbeirrbar. »Er wohnt noch dort, du Kleingläubiger. Also, kommst du mit? Von hier aus sind es nur etwa dreihundert Kilometer.«

Ich fragte mich, ob ich eine mehrstündige Zugfahrt auf mich nehmen sollte, um wahrscheinlich vor einer verschlossenen oder der falschen Tür zu stehen. Auf der anderen Seite war es nicht auszuschließen, daß Wasserstein Vincent und auch mich empfangen würde. Ein Mann wie er war unberechenbar. Mir winkte die reale (wenn auch kleine) Chance, meinem Lieblingsautor einmal persönlich zu begegnen. Was hatte ich schon zu verlieren? Das Geld für die Zugfahrt, falls sie vergeblich sein sollte, konnte ich entbehren. Zeit hatte ich mehr als genug. Mein Einsatz war angesichts des möglichen Gewinns relativ gering.

»Ich komme mit!« sagte ich. »Natürlich komme ich mit!«

Wir sprachen noch bis weit nach Mitternacht über Gott und die Welt, über Vincents Reiseabenteuer, über meinen Roman und immer wieder über Nicolas Wasserstein – wie vor Jahren in der Küche der Studenten-Wohngemeinschaft, als unsere gemeinsame Begeisterung über Wassersteins Romane uns zu intensiven, langen Gesprächen inspirierte, die unsere Freundschaft begründeten.

Am nächsten Morgen frühstückten wir gemeinsam im Sonnenschein auf der Terrasse. Dann mußte Vincent weiter. Ich begleitete ihn den Flußweg entlang ins Dorf bis zur Bushaltestelle. Wir verabredeten uns für den nächsten Freitag um neunzehn Uhr im Bahnhofsrestaurant der Stadt, wo Vincent aufgewachsen war und Wasserstein sich aufhielt. Beim Abschied umarmten wir uns herzlich.

Auf dem Rückweg zum Haus wurde mir erst richtig bewußt, daß ich mit etwas (oder eher mit viel) Glück in einer Woche ein Gespräch mit meinem Lieblingsschriftsteller haben würde – einem Autor, dem ich mehr als allen anderen zu verdanken hatte. Wie mochte Nicolas Wasserstein im persönlichen Umgang sein? Herablassend oder freundlich? Distanziert oder ganz ohne Berührungsängste? So eloquent wie in seinen Romanen oder mühsam nach den richtigen Worten suchend?

Ich fragte mich, wie lange der große Romancier sich wohl mit uns unterhalten würde und kam zu der Überzeugung, daß es nicht zuletzt von unserem Unterhaltungswert abhängen könnte. Sollte er uns als akzeptable oder gar interessante Gäste empfinden, war unsere Chance gut, daß er sich auf ein längeres Gespräch mit uns einlassen würde. Ich nahm mir vor, ein interessanter Gast zu sein.

2

Ich kam frühzeitig am Bahnhof an und vertrat mir ein bißchen die Beine in der belebten Halle. Dann ging ich ins Bahnhofsrestaurant und wählte einen Tisch am Fenster. Vincent erschien keine zehn Minuten später. Wir begrüßten uns mit fröhlicher Herzlichkeit und feierten unser Wiedersehen mit einem Glas Sekt.

Gegen neunzehn Uhr vierzig verließen wir die Bahnhofshalle. Ich schlug unwillkürlich den Weg zu den Straßenbahnhaltestellen ein, doch Vincent hielt mich am Arm fest, sah mich mit sanftem Tadel an und verfügte: »Zu einem Wasserstein fährt man nicht mit der Bahn!« Er dirigierte mich zu einem Taxi. »Lichtenbergweg 37«, sagte er zu dem Fahrer.

Die Fahrt dauerte nicht allzu lange, und wir verbrachten sie schweigsam. Wir fuhren zu Nicolas Wasserstein, das war uns Thema genug. Als der Fahrer in einer offensichtlich noblen Wohngegend anhielt und Vincent den Fahrpreis nannte, wurde mir bewußt, daß mein Herzschlag sich deutlich beschleunigt hatte. (Als sei ich mit einer Geliebten verabredet, dachte ich.)

»Da wohnt er!« verkündete Vincent und zeigte auf eine geschmackvoll gebaute, weiße Jugendstilvilla. »Schau, ein Fenster steht offen. Er ist zu Hause!«

»Oder jemand anders. Häuser wechseln gelegentlich ihre Besitzer oder Mieter.«

»Er ist da!« behauptete Vincent. »Der Garten ist noch genauso schön verwildert wie vor einem Jahr. Ein neuer Mieter oder Besitzer hätte ihn nicht so gelassen. Komm!«

Vincent ging zielstrebig auf das attraktive Haus zu, dessen wild wuchernden Vorgarten zwei prächtige Hängebirken regierten. Ich folgte ihm auf dem schmalen Steinplattenweg durch die dichte Flora, die schon lange keinen Gärtner mehr gesehen hatte. Als wir vor der massiven, weißen Haustür (mit einem im Licht der Türlampe glänzenden Spion) standen, fiel mein erster Blick auf die Gegensprechanlage und das Namensschild neben der Klingel. Ich las: »L. Iwen.«

»L. Iwen. Der Name stand vor einem Jahr auch schon da«, murmelte Vincent zufrieden, streckte die Hand aus und klingelte. »Wahrscheinlich Wassersteins Deckname.«

Nach einer Weile knisterte es kurz in der Gegensprechanlage, und eine angenehme Frauenstimme sagte in freundlich-fragendem Ton: »Ja?«

»Hallo!« grüßte Vincent freundlich in den Sprechkasten. »Ich bin Vincent Gebhard und möchte zu Nicolas Wasserstein. Ich habe heute um acht Uhr einen Gesprächstermin mit ihm. Also jetzt.«

»Nanu!« antwortete die Frau mit offensichtlicher Befremdung. »Sind Sie sicher, daß Sie hier richtig sind?«

Mein nach wie vor wild klopfendes Herz begann zu sinken. »Er ist umgezogen«, flüsterte ich enttäuscht.

»Keine Panik«, murmelte Vincent. Dann wandte er sich wieder dem Sprechkasten zu: »Genau vor einem

Jahr hat mein Vater Herrn Wasserstein hier in diesem Haus ärztlich behandelt. Ich war damals in seiner Begleitung. An diesem Abend bat ich Nicolas Wasserstein um ein Gespräch. Er sagte zu und stellte mir einen handgeschriebenen Gesprächsgutschein für den heutigen Abend aus. Hier bin ich. Und – ich habe einen guten Freund mitgebracht. Ich hoffe, das geht in Ordnung.«

Die Frau wirkte befremdet: »Einen *Gesprächsgutschein*, sagen Sie?«

»Wir machen uns unmöglich«, flüsterte ich Vincent zu.

Doch er ließ sich nicht beirren. »Ich schiebe den Gutschein durch den Briefschlitz. Sehen Sie ihn sich wenigstens an!«

Die Frau schien zu überlegen. Schließlich sagte sie: »Gut – wenn es Ihnen so wichtig ist. Aber ich fürchte, daß Sie sich in der Adresse irren.« Dann knisterte es wieder in der Leitung, womit das Gespräch beendet war.

Ich begann mich mit der traurigen Tatsache abzufinden, daß meine Reise hierher vergeblich gewesen war. Allzu sehr war ich nicht enttäuscht, weil ich ohnehin mit einem Mißerfolg gerechnet hatte.

Vincent strahlte immer noch ungebrochene Zuversicht aus und schob seinen zerknitterten Gesprächsgutschein durch den Briefschlitz. Kurz darauf hörten wir die Frau auf die Tür zukommen. Dann hatte ich das Gefühl, als würden Vincent und ich einer Betrachtung durch den Türspion unterzogen, und die Schritte entfernten sich wieder.

Es war nicht nur eine teure, sondern auch ruhige Wohngegend, die einen vergessen lassen konnte, daß man sich in einer Großstadt befand. Man hörte so gut wie keinen Autolärm. Das leise Rauschen des Windes in den Bäumen und Sträuchern des wilden Gartens vermischte sich mit dem Geräusch meiner Atemzüge und dem Klopfen meines Herzens.

Nach einer Weile hörten wir erneut Schritte, die sich der Haustür näherten. Und dann geschah es. Die Tür wurde geöffnet. Und wie!

Ich war geblendet! Alles hätte ich in diesem Moment erwartet, nur nicht eine so schöne, junge Frau. Sie lächelte erst Vincent, dann mir zu. Ihre außergewöhnliche Schönheit prägte sich mit diesem Lächeln unauslöschlich in mein Bewußtsein ein.

Sie hatte ein ovales, fein geschnittenes Gesicht, eine schöne Stirn und elegant geschwungene Augenbrauen. Eine herrlich modellierte Nase, volle Lippen und ebenmäßige, gepflegte Zähne. Klare, blaugrüne Augen sahen mich freundlich an. Dunkelblonde, leicht gewellte Haare fielen ihr üppig auf die Schultern. Sie trug ein halblanges, olivgrünes Samtkleid, das ihre schlanke, weibliche Figur unterstrich. (Auf den zweiten Blick erschien mir ihre Nase ein winziges Stück zu lang. Doch dann wurde mir bewußt, daß gerade diese kleine Unvollkommenheit ihr Gesicht erst vollkommen machte.)

Ich hörte Vincent sagen: »Hallo! Wie gesagt – ich bin Vincent Gebhard. Und das ist mein guter Freund Gabriel Kuhn.«

»Sie sind willkommen, alle beide. Kommen Sie!« bat sie uns herein. Ihre Augen faszinierten mich. Ihre melodische Stimme war Musik in meinen Ohren.

Vincent strahlte mich triumphierend an (er hatte mit seinem unbeirrbaren Optimismus recht behalten und genoß es), und es geschah, woran ich nicht zu glauben gewagt hatte: Wir betraten Wassersteins Haus.

»Hier können Sie Ihre Sachen lassen«, sagte sie. Wir hängten unsere Jacken an der Garderobe auf, wo ich auch meine Reisetasche abstellte. »Entschuldigen Sie meine erste Reaktion«, erklärte unsere bezaubernde Empfangsdame. »Sie hätten Journalisten oder sonstwer sein können. Ich wußte nichts von Ihrem Gesprächstermin mit Nicolas. Er selbst hatte ihn vergessen, doch als er den Zettel sah, erinnerte er sich sofort. Pardon, ich habe mich noch nicht vorgestellt. Mein Name ist Leila Iwen.«

»Ich hoffe, daß wir nicht völlig ungelegen kommen«, sagte Vincent, wofür ich ihm dankbar war. Denn ich war immer noch sprachlos.

Leila Iwen schüttelte den Kopf. »Sie sind willkommen. Gehen wir in den Wintergarten! Nicolas wird gleich nachkommen.«

Wir folgten ihr durch einen Korridor (an dessen Wänden gerahmte Fotos von ernsten, würdevollen Indianergesichtern hingen) und durch einen gemütlichen Wohnraum in einen geräumigen Wintergarten. Zahlreiche Pflanzen, darunter mehrere große, prächtige Kentia-Palmen, verliehen dem Garten im Haus ein geschmackvolles, ästhetisches Ambiente. Ein origineller, runder Tisch in der Mitte und vier großzügige, elegante Rattan-Sessel luden zum entspannten Verweilen ein.

»Setzen Sie sich. Was möchten Sie trinken?«

Vincent entschied sich für Fruchtsaft. Ich nickte dazu. Mit einem charmanten Lächeln ließ Leila Iwen uns allein.

Wir machten es uns auf den Sesseln bequem.

»Was für eine Frau!« schwärmte Vincent voller Bewunderung. »Ob Wasserstein ihr Liebhaber ist? Vom Alter her könnte er ihr Vater sein.«

»Er ist ihr väterlicher Liebhaber«, gab ich meine Wette ab. »Er verwöhnt sie, bettet sie in seinen Wohlstand – und sie bietet ihm ihre Jugend und ihre Schönheit.«

»Und ihren aufregenden Körper«, ergänzte Vincent. »Er ist über fünfzig, sie höchstens fünfundzwanzig. Was findet eine junge Schönheit an einem Literaten, der doppelt so alt ist wie sie?«

»Geborgenheit, geistige Anregung. Förderung. Wer weiß? Sie wäre nicht die erste junge Frau, die einen wesentlich älteren Mann liebt.«

»Woher wollen wir wissen, daß sie ihn liebt?« fragte Vincent. »Vielleicht liebt sie seine Millionen. Vielleicht ist sie nur seine Privatsekretärin – mit allem, was dazugehört. Oder sie haben ein Arrangement. Sie hält ihm ungebetene Besucher vom Hals und darf dafür umsonst bei ihm wohnen.«

»Mag sein«, räumte ich ein, »aber als sie eben seinen Namen sagte, schwang ein zärtlicher Unterton in ihrer Stimme mit. Hast du ihn nicht herausgehört?«

»Ein zärtlicher Unterton ist noch nicht Liebe.«

»Aber deutet auf Liebe hin. Hoffentlich kommt er bald. Ich kann es kaum erwarten, ihn zu sehen.«

»Gedulde dich. Ich habe ein Jahr länger als du auf diesen Augenblick gewartet. Lehn dich zurück. Genieße diesen herrlichen Wintergarten! Sieh dir die prächtigen Palmen an! Hier läßt es sich aushalten. Stell dir vor, wie viele Menschen uns um diesen Abend beneiden würden!«

In diesem Augenblick betrat Nicolas Wasserstein den Raum. Wir standen unwillkürlich auf.

Wasserstein wirkte auf den ersten Blick sensibel, klug, aufmerksam, freundlich und in gewisser Weise unergründlich auf mich. Er schien (trotz unseres Besuches) guter Dinge zu sein. Ich hätte ihn auf Anfang Vierzig geschätzt, wenn ich sein Alter nicht gewußt hätte. Wasserstein war attraktiv über die 50-Jahre-Hürde gesprungen. Sein Haar hatte sich kaum gelichtet. Die kleinen Falten auf seiner Stirn und um seine Mundwinkel standen ihm gut. Seine blauen, leicht verträumt wirkenden Augen und die volle Unterlippe gaben seinem Gesicht etwas Feminines. Wassersteins linker Mundwinkel war leicht hochgezogen, was den Anschein eines subtilen Lächelns erweckte. Nicht nur sein Gesicht, auch sein schlanker Körper strahlte eine für einen Fünfzigjährigen ungewöhnliche Jugendlichkeit aus. Er trug einen weißen Pullover und eine ebenfalls weiße Hose.

Wasserstein konnte sich durchaus mit Leila sehen

lassen, ohne sich dem Verdacht preiszugeben, daß ihre Beziehung auf der uralten Tauschbasis *Geld gegen Jugend und Schönheit* funktionierte. Ja, man konnte ihnen trotz des großen Altersunterschieds durchaus das Liebespaar abnehmen, wenn man Leila zu den Frauen zählte, die sich von der Persönlichkeit eines Mannes so faszinieren lassen können, daß sein Alter sie nicht daran hindert, ihn zu lieben.

Wasserstein ging auf Vincent zu, blieb zwei Schritte vor ihm stehen und sagte: »Entschuldigen Sie, daß ich unseren Gesprächstermin vergessen hatte. Aber Sie haben ja daran gedacht. Sie haben einen Freund mitgebracht?«

»Ja. Das ist Gabriel Kuhn. Er ist – wie ich – ein glühender Bewunderer Ihrer Romane und teilt mein Interesse an ihrem Verfasser.« Wasserstein sah mich aufmerksam an und nickte mir freundlich zu. »Ich habe Gabriel vor einer Woche eingeladen, an unserem Gespräch teilzunehmen«, erklärte Vincent. »Ich hoffe, es ist Ihnen nicht unangenehm.«

»Sie hoffen nicht vergeblich. Zwei Dinge sollten allerdings von Anfang an klar sein: Sie beide müssen nach diesem Abend meine Adresse vergessen. Ich lebe gern in diesem Haus, nicht zuletzt, weil es niemand weiß, der es weitersagen würde. Und – es wird ein einmaliges Gespräch bleiben. Wenn Sie einverstanden sind, geben Sie mir Ihr Versprechen!«

»Ich verspreche es«, sagte Vincent.

Der Romancier sah mich auffordernd an. »Sie haben mein Wort, Herr Wasserstein«, sagte ich.

»Gut, ich vertraue Ihnen. Und nennen Sie mich nicht ›Herr Wasserstein‹, sondern schlicht und ergreifend Nicolas. Und ich nenne Sie Vincent und Gabriel. Wir wissen, daß wir Herren sind, und müssen uns das nicht immer wieder bestätigen. Setzen wir uns doch!«

»Ich hoffe«, sagte Vincent, »daß Sie heute abend nichts vorhatten, das wir mit unserem Erscheinen sabotieren.«

»Seien Sie unbesorgt, Vincent. Ich wollte mir eine Reportage ansehen. Nun nehme ich sie auf. Sie sehen, ich muß kein Opfer für Sie bringen. Was macht mich eigentlich für Sie so interessant, daß Sie widerspruchslos ein Jahr Wartezeit für ein Gespräch mit mir akzeptiert haben?«

»Vielleicht suche ich etwas bei Ihnen.«

Wasserstein schmunzelte. »Wir alle suchen etwas. Wir wissen nur nicht, was es wirklich ist. Immer wenn wir glauben, es gefunden zu haben, stellt sich früher oder später heraus, daß es nicht das ist, was wir *eigentlich* gesucht haben. Vielleicht suchen Sie sich selbst bei mir, Vincent.«

»Gut möglich«, gestand Vincent zu. »Ich habe ja auch schon viel von mir in Ihren Romanen gefunden. Als ich Ihre Bücher las, habe ich das Leben durch Ihre Augen gesehen. Dabei lernte ich, meine eigenen Augen zu öffnen. Diese Hilfe konnte mir niemand vor Ihnen geben.«

»Ja«, sagte Wasserstein. »Romane können sehr hilfreich sein.«

»Auch ich schulde Ihnen großen Dank«, wandte ich

mich an Wasserstein. »Als ich meine Richtung im Leben suchte, waren Ihre Bücher eine Offenbarung für mich, eine Art seelische Orientierungshilfe. Durch sie fand ich heraus, was ich eigentlich wollte. Ich habe mich oft gefragt: Was hat Sie dazu gebracht, diese unglaublich intensiven Romane zu schreiben, was war Ihr eigentlicher Antrieb?«

Wasserstein strich sich die Haare aus der Stirn. »Ich hatte mehrere Antriebe. Einer war die Faszination der Grenzüberschreitung. Im Leben bin ich immer wieder an die Grenzen meines Ichs gestoßen. Im Schreiben konnte ich über mich selbst hinausgehen, konnte mein Ich vergessen und mich dadurch von ihm befreien.«

»Hat das Schreiben für Sie noch immer diese Bedeutung?« fragte ich Wasserstein.

»Nein«, antwortete er leise. »Spätestens bei der Arbeit an meinem dritten Roman ernüchterte mich immer mehr die Erkenntnis, daß die Sprache wie eine Spinne ist. Sie fängt das Leben in ihrem kunstvoll gesponnenen Netz – aber nur, um es zu töten. Nur das Ungesagte bleibt lebendig. Sobald wir etwas aussprechen, entwerten wir es seltsam, sagt Maeterlinck. Das ist ein netter Euphemismus. Wir *töten* es! Der Romancier zerstört das Leben, das er beschreibt, um es zu konservieren. Und dann geschieht das Wunder: Im Leser wird das zerstörte Leben wieder heil durch den Zauber des Lesens. Und es beginnt zu wirken.«

In diesem Moment kam Leila mit einem Tablett in den Wintergarten und servierte Vincent und mir die gewünschten Getränke mit weichen, anmutigen Bewegungen. Es war mir unmöglich, sie dabei nicht unablässig anzusehen. Auch für Wasserstein stellte sie ein Glas Saft auf die Glasplatte des runden Rattan-Tisches.

Wasserstein strich ihr zärtlich über den Arm und fragte: »Magst du dich ein bißchen zu uns setzen? Es bahnt sich ein interessantes Gespräch an.«

»Ja, gern. Ich komme gleich«, versprach sie, drückte Wassersteins Hand, lächelte ihn und dann uns an und verließ den Raum mit anmutigen Schritten.

Mein Blick folgte unwillkürlich ihrem eleganten Gang. Welch eine Frau!

»Sie sind fasziniert«, sagte Wasserstein mir auf den Kopf zu, als Leila den Raum verlassen hatte.

Ich hüstelte verlegen. »Ja. Ich hoffe, es stört Sie nicht, wenn ich es nicht verbergen kann.«

Wasserstein lachte jovial. »Tun Sie sich keinen unnötigen Zwang an. Ich bin es gewohnt, daß Leila überall Bewunderung, Gefallen und – in der Frauenwelt – auch Neid erregt. Es muß seltsam sein, mit einem Körper durch die Welt zu gehen, der überall, wo er auftaucht, die Blicke auf sich zieht. Viele Frauen würden das genießen, Leila ist es eher lästig. Wenn sie ausgeht, versteckt sie sich meist hinter einer überdimensionalen schwarzen Sonnenbrille, selbst bei schlechtem Wetter.«

»Es heißt«, sagte ich, »der Mann, der die schönste Frau des Dorfes hat, habe den unruhigsten Schlaf.«

Wasserstein schmunzelte. »Lieber eine schöne Frau und einen unruhigen Schlaf, als eine häßliche Frau und einen ruhigen Schlaf«, konterte er.

»Sind Sie eifersüchtig?« fragte ich ihn.

»Sie nicht?« fragte er zurück.

»Als ich Ihre Romane gelesen habe«, wandte sich Vincent an Wasserstein, »konnte ich nicht der Versuchung widerstehen, Rückschlüsse auf den Autor zu ziehen. Bücher sind doch die geistigen Kinder eines Autors, und Kinder verraten manches über ihren Erzeuger.«

Wasserstein wirkte amüsiert. »So? Bücherkinder zeichnen sich aber – ebenso wie Menschenkinder – auch durch ureigene, selbständige Qualitäten aus. Manchmal sind sie sogar klüger als ihre Autoren, das sind die besten Bücherkinder. Was haben Ihnen denn meine über mich verraten?«

»Ein leidenschaftliches Interesse an den wesentlichen Fragen des Lebens«, antwortete Vincent. »Aber abgesehen davon weiß man nie, ob Nicolas Wasserstein sich in seinen Romanfiguren verbirgt oder sich durch sie offenbart.«

Der Romancier lachte. »Ich offenbare mich durch sie, indem ich mich in ihnen verberge. Ohne ein leidenschaftliches Interesse an den wesentlichen Fragen des Lebens, wie Sie es so schön nennen, hätte ich nie die Unsummen an Energie und Beharrlichkeit aufgebracht, die nötig waren, um diese Romane zu schreiben.«

Mir fiel auf, daß in Wassersteins Gesichtszügen relativ wenig Bewegung war. Er war ein Mann von sparsamer Mimik und Gestik, der sich fast ausschließlich auf die Wirkung seiner Worte verließ. Auch seine Stimme hatte etwas Ruhiges, Gleichförmiges, manchmal fast

Monotones. Wenn er Akzente setzte, geschah es so subtil, daß nur ein guter Zuhörer sie bemerkte.

Ich war überrascht von der Freundlichkeit und scheinbar mühelosen Selbstverständlichkeit, mit der er, ohne zu fremdeln oder Starallüren zu produzieren, auf unseren Besuch reagierte. Ich hatte nicht den Eindruck, daß er das Gespräch mit uns als eine lästige Pflichterfüllung betrachtete. Im Gegenteil, er schien Geschmack daran zu finden. Vielleicht lebte er so zurückgezogen, daß unser Besuch für ihn eine unverhoffte, aber nicht unwillkommene Abwechslung war, die er auszukosten gedachte. Meine leise Befürchtung, Wasserstein könnte sich uns gegenüber vielleicht als herablassend, launisch oder provokant erweisen, löste sich immer mehr in Erstaunen darüber auf, wie umgänglich und natürlich dieser weltberühmte Autor war.

Ich wollte gerade zu einer Bemerkung ansetzen, als Leila zu meiner Freude in den Wintergarten kam.

Wassersteins Gesicht nahm einen überraschend weichen Ausdruck an. »Schön, daß du uns Gesellschaft leistest«, sagte er zärtlich und strahlte sie an.

Leila ging zu ihm und gab ihm einen flüchtigen Kuß auf die Wange. Dann setzte sie sich in den vierten Sessel. Bei aller Freude, die ich darüber empfand, Wasserstein leibhaftig gegenüberzusitzen, war mir bewußt, daß meine Freude über Leilas Anwesenheit noch größer war. Ihre Schönheit überwältigte mich. Ihr Gesicht war eine einzige Verführung zur Liebe.

Es gibt Frauen, die nicht schön sind, sondern nur so

aussehen. Leila sah schön aus, und sie *war* auch schön. Ihre Schönheit erlosch nicht, wenn man die Augen schloß. Ein Fluidum ästhetischer Anmut ging ständig von ihr aus, das die Augen des Herzens bezauberte. Ich fühlte mich beschenkt durch ihre bloße Nähe. Noch nie war ich einer so faszinierenden Frau begegnet.

Ich fragte mich, welcher Beschäftigung Leila wohl nachging. Saß sie vor einem Computer? Studierte sie noch? Arbeitete sie als Fotomodell? Ich konnte sie mir weder an einem Schreibtisch noch in einem Hörsaal noch bei einem Fototermin vorstellen. Sie war eine Frau, die nirgendwohin paßte. Zu mir würde sie passen, dachte ich verwegen, ich passe auch nirgendwohin.

»In Ihrem Roman *Endlose Anfänge* stellen Sie das heutige Liebesleben als ein Laientheater voller unfreiwilliger Tragikomik dar«, übernahm ich die Initiative. »Andererseits bezeichnen Sie die Liebe als das wirksamste Medikament gegen den Virus der Abstumpfung und inneren Aushöhlung. Was ist Liebe für Sie – Theater oder Erlösung?«

»Sie ist Erlösung, doch die meisten Menschen reduzieren sie auf bloßes Theater«, antwortete Wasserstein. »Liebe kann das wahre Leben erwecken, das in uns verborgen ist wie die Perle in der Muschel. Liebe kann uns aus dem Zustand erlösen, den wir gewöhnlich *Leben* nennen, der aber nicht das eigentliche Leben ist, sondern nur dessen Simulation – das allgemeine Nicht-Leben. Sind wir nicht goldig? Wir simulieren Leben und lassen uns in unseren Fernsehsesseln von Schauspielern unterhalten, die unser simuliertes Leben simulieren!«

Wasserstein strich sich über die Stirn und fuhr dann fort: »Ich fürchte, es gibt nicht allzu viele Menschen, die wirklich liebesfähig sind. Es gibt unzählige, die sich dafür halten, weil sie in der Lage sind, den Beischlaf zu vollziehen. Manche nennen unsere Gesellschaft christlich oder demokratisch, andere nennen sie kapitalistisch oder pluralistisch oder postmodern oder wie auch immer. Ich nenne sie *lieblos*. Liebe hat in ihr keinen Wert. Sexualität, Partnerschaft, Heirat, Familie, das sind feste Werte mit mehr oder weniger festen Preisen. Die Liebe ist eine nicht käufliche Außenseiterin, die nicht in eine Gesellschaft hineinpaßt, in der Geld, Macht und Gewalt regieren. Wer die Liebe erlebt hat, weiß, daß jede andere Wirklichkeit gegen ihre verblaßt, daß nur sie das Wunder vollbringen kann, Menschen zu verzaubern, die ganze verdammte Welt zu verzaubern. Liebe ist in ihrem Kern reine Magie, es gibt nichts Kostbareres.«

»Was ist in Ihren Augen der tiefste Grund für die Faszination der Liebe?« fragte Vincent. »Die Sehnsucht nach Verzauberung?«

»Ja. Die Sehnsucht nach der Auflösung des Ichs in der Magie der Liebe«, bekräftigte Wasserstein. »Der Wunsch, sich in der Liebe zu vergessen. Liebe ist momenthafte Selbstverwandlung, Selbstverleugnung des Menschen. Wenn er liebt, ist er nichts anderes mehr als ein Liebender; sein gewöhnliches Ich ist im Bann der Liebe restlos verschwunden. Die Liebe befreit uns von unserem falschen Bild von uns selbst und gibt uns unsere Wahrheit zurück, die wir verloren haben. Sie führt uns aus dem simulierten ins wirkliche Leben zurück.«

Wasserstein lächelte Leila an, die seinen Worten aufmerksam gelauscht hatte. Seine Liebe zu ihr ließ seine Augen aufleuchten. Sie erwiderte sein Lächeln.

Wasserstein nahm sein Glas in die Hand, führte es mit einer ruhigen Bewegung zum Mund, trank und stellte es wieder ab. Er wirkte auf mich wie jemand, der es mit den Jahren gelernt hatte, ein starkes Temperament auf elegante, spielerische Weise zu beherrschen.

»Sie tragen einen paradoxen Namen. Und das Paradoxe zieht sich wie ein roter Faden durch Ihre Romane«, sagte Vincent.

»Weil das Paradoxe die Natur des Lebens ist – und ich über das Leben schreibe«, antwortete Wasserstein lächelnd.

»Sie haben in Ihrem letzten Interview gesagt, das Wichtigste an Ihren Romanen seien die lebensphilosophischen Botschaften«, wandte ich mich an Wasserstein. »Sind Sie nun ein Romane schreibender Philosoph oder ein philosophierender Romancier?«

»Ist der Delphin ein Säugetier, oder schwimmt er im Meer?« antwortete der Schriftsteller.

Mein Blick fiel auf Leilas schönes Gesicht, die ein Schmunzeln über Wassersteins Gegenfrage nicht verbergen konnte. Urplötzlich fühlte ich in mir das heftige Verlangen, sie zärtlich zu berühren. Sie sah mich gleich darauf seltsam an, *als hätte sie meinen Wunsch gespürt*.

Wasserstein schien nichts davon zu merken.

Vor vier Jahren, als er in seinem letzten Interview angekündigt hatte, man müsse in Zukunft mit seinen Büchern vorliebnehmen, da ihr Autor sich aus dem öffentlichen Leben zurückziehen werde, lautete die allgemeine Interpretation: Wasserstein wolle sich für eine Weile völlig isolieren, um seinen vierten Roman zu schreiben. Als man nach drei Jahren immer noch nichts von ihm hörte, begannen die ersten ihn beim Wort zu nehmen. Es wurde ein beliebtes Thema in literarisch interessierten Kreisen, über Wassersteins mögliche Gründe für seinen Rückzug aus der Öffentlichkeit zu spekulieren. Ich sprach ihn darauf an.

»Warum ich mich zurückgezogen habe? Ich habe spät, aber nicht zu spät, Epikurs großartigen Rat befolgt: *Lebe im Verborgenen*. Das Interesse an meiner Person war mir zu groß geworden, es hatte zeitraubende, freiheitsbeschränkende Ausmaße angenommen. Langweiler, die sich für verkannte Genies hielten, schickten mir fünfhundert Seiten lange Manuskripte und baten mich um ehrliche Beurteilung. Es kamen unzählige Briefe von begeisterten Lesern, die eine Antwort von mir erhofften.«

Wasserstein schüttelte den Kopf und grinste. »Eine Frau schrieb mir, sie habe meinen Roman *Glückliche Verlierer* allen Menschen geschenkt, denen sie sich seelisch verbunden fühle, etwa zwanzig Personen. Und allen habe sie dieselbe Widmung auf die erste Seite geschrieben: *Lies dieses Buch – und du weißt, wer ich bin*. Ich steckte ein Exemplar dieses Romans in einen

Umschlag, um es der Dame zu schicken, nicht ohne es vorher mit der Widmung zu versehen: *Lies dieses Buch – und du weißt nicht einmal, wer ich bin.*«

Wasserstein genoß unser Gelächter und fuhr fort: »So ging es jahrelang. Ich habe mich hinterher öfter gefragt, warum ich nicht eher von diesem falschen Dampfer abgesprungen bin. Aber eines Tages wurde mir eine späte, aber gründliche Erleuchtung zuteil: daß ich niemandem etwas schuldete, aber mir selbst das Entscheidende – meine Freiheit, mein Privatleben. Und ich entschloß mich von einem Moment auf den anderen, in Zukunft kein Stückchen meines Privatlebens mehr zu opfern. Warum auch? Mein Privatleben ist real, der Ruhm ist eine hohle Nuß.«

»Darf ich fragen«, wandte ich mich an ihn, »was Sie gemacht haben, nachdem Sie sich von der Öffentlichkeit verabschiedet hatten?«

»Ich habe mir meinen Jugendtraum erfüllt, einmal um die Welt zu reisen. Zwei schöne Jahre lang. Plötzlich ergriff mich von einem Tag auf den anderen das Bedürfnis nach Seßhaftigkeit. Ich kehrte nach Deutschland zurück und versteckte mich in diesem Haus.« Wasserstein hielt inne, sah erst mich, dann Vincent an. »Jetzt sitzen wir schon eine Weile zusammen, und ich weiß nicht einmal, was Sie beide so tun.«

»Ich habe Medizin studiert, will aber nicht als Arzt leben. Zur Zeit reise ich durch die Weltgeschichte«, erklärte Vincent.

»Und ich tue das Gegenteil«, sagte ich.

»Allerdings!« Vincent lachte. »Gabriel ist ein Stubenhocker. Er lebt wie ein Eremit, in einem kleinen Haus an einem kleinen Fluß, vor den Toren eines verschlafenen Dorfes. Er schreibt dort einen Roman.«

Wasserstein sah mich – wie mir schien – erschrocken an.

»Keine Angst«, beruhigte ich ihn, »ich habe kein fünfhundert Seiten starkes Manuskript mitgebracht und möchte auch nicht mit Ihnen über meinen Roman reden.«

Wasserstein lachte.

Leila fragte zu meiner Überraschung: »Wie kommen Sie dazu, einen Roman zu schreiben?«

»Weil es mich unwiderstehlich reizt. Ich kann mir keine interessantere Arbeit vorstellen.«

»Da ist was dran«, sagte Wasserstein.

»Worum geht es in Ihrem Roman?« fragte Leila.

»Oh – es ist eine Liebesgeschichte. Wie sie endet, weiß ich noch nicht.«

»Ich wünsche ihr ein gutes Ende«, sagte Leila.

»Schreiben Sie auch?« fragte ich sie.

Sie schüttelte lächelnd den Kopf. »Ich male.«

»Wir sprachen eben über Ihre Paradoxien«, wandte sich Vincent an Wasserstein. »Mir ist eine weitere aufgefallen. Sie sind ein reicher Mann geworden durch Bücher, die überzeugend deutlich machen, daß die Jagd nach dem Geld den Menschen entmenschlicht.«

»Richtig. Und was alles noch paradoxer macht: Ich wollte damit gar nicht zu Geld kommen – ich suchte Entgrenzung, Befreiung, Wahrheit. Jeder scheitert so gut, wie er kann.«

»Sie wollten nicht zu Geld kommen?« fragte Vincent. »Wollen das nicht alle?«

»Nicht alle«, sagte Wasserstein. »Denn die Dinge, auf die es im Leben wirklich ankommt, kann man *nicht* kaufen.«

»Und worauf kommt es im Leben wirklich an?« fragte Vincent.

»Auf das Glück«, antwortete ich spontan. »Der Glückliche lebt so intensiv, tief und dankbar wie kein anderer. Jede Minute seiner Zeit ist mit Freude, Sinn und Schönheit erfüllt. Er kennt keine Langeweile, keine Melancholie, keine Zweifel. Seine Nähe ist ein Geschenk.«

»Was ist Glück für Sie?« fragte Wasserstein.

»Die überzeugende Erfahrung des Wunderbaren«, antwortete ich. »Das herrliche Gefühl, etwas ganz Kostbares mit offenem Herzen zu erleben. Das Vergessen der gewöhnlichen Wirklichkeit im Aufgehen in einer außergewöhnlichen.«

»Hübsch gesagt. In Ihnen steckt ein Lyriker, Gabriel!« sagte Wasserstein. »Bliebe die Frage zu klären: Ist das Glück eine Gunstbezeugung des Schicksals oder das Resultat puren Zufalls?«

»Was Glück auch sein mag: Es hält uns am Leben«, betonte ich. »Glücksmomente sind Oasen in der Wüste des Alltags. Wir ertragen die Mühen, Entbehrungen und Enttäuschungen der täglichen Wüstenwanderung nur, weil wir die Hoffnung haben, irgendwann einmal wieder eine Oase zu finden.«

»Ja«, bekräftigte Wasserstein, »wir leben von der Hoffnung auf das Glück. Wir sehnen uns nach ihm, weil es einen wunderbaren Zauber auf uns legt. Im Glücksmoment wird *unser Leben, wie es ist,* eins mit *unserem Leben, wie es sein sollte*. Sehnsucht und Wirklichkeit verschmelzen.«

»Ist es nicht völlig egal, was Glück ist – wenn es da ist?« fragte Leila leise.

Es entstand ein Schweigen, wie es gern entsteht, wenn jemand etwas Wesentliches auf einfache, natürliche Weise gesagt hat. In diesem Augenblick hätte ich Leila am liebsten umarmt. Und wieder warf sie mir einen seltsam glänzenden Blick zu, als hätte sie auch diesmal die Wellen meiner Sehnsucht gespürt.

Dann machte Wasserstein einen überraschenden Vorschlag: »Hätte einer von Ihnen beiden Lust auf eine kleine Partie Blitzschach? Ich spiele zwar nicht gerade gut, aber gern, und muß die Gelegenheit nutzen, denn ich finde nur selten einen Partner. Leila mag dieses Spiel nicht, es ist ihr zu hektisch.«

Vincent winkte ab. »Meine Schachkenntnisse sind nicht der Rede wert.«

»Blitzschach ist wirklich ein hektisches Spiel«, sagte ich und genoß Leilas Lächeln.

»Aber Sie spielen es trotzdem?«

»Mit Ihnen gern.«

»Sehr gut.« Wasserstein warf mir einen zufriedenen Blick zu. »Die ganze Welt ist ein Schachspiel, das sich mit jedem Zug ändert. Also spielen wir eine Partie! Jeder hat fünf Minuten. Was trinken wir anschließend? Wie wäre es mit kalifornischem Rotwein?«

Vincent und ich bejahten. Leila stand auf und verließ den Wintergarten. Vincent erkundigte sich bei Wasserstein nach der Toilette und ließ mich mit ihm allein.

Mir wurde schlagartig bewußt, daß die nächsten Minuten die einzigen meines Lebens sein würden, in denen ich die Gelegenheit hatte, Nicolas Wasserstein unter vier Augen zu sprechen. Ich nahm mir vor, das Beste aus dieser unverhofften Chance zu machen.

»Spielen wir um etwas?« fragte ich.

»Müssen wir um etwas spielen?«

»Natürlich nicht, aber es steigert die Spannung.«

»Also gut. Bestimmen Sie den Einsatz, Gabriel!«

»Wo ist das Limit?«

Wasserstein sah mich schmunzelnd an. »In Ihrer Phantasie.«

In meiner Phantasie! Seine Antwort machte mich sprachlos.

»Starren Sie mich nicht so an! Lassen Sie sich einen originellen Einsatz einfallen, Gabriel. Das darf ich von einem angehenden Schriftsteller erwarten.«

Mir fiel kein phantasievoller Spieleinsatz ein, jetzt, da meine Phantasie gefragt war. Sollten wir um ein zweites Treffen in einem Jahr spielen, am selben Ort, zur selben Zeit? Nein, das konnte ich nicht vorschlagen. Ich hatte Wasserstein mein Wort gegeben, daß unsere Begegnung einmalig bleiben würde. Ich brauchte eine andere Idee. Dann plötzlich hatte ich eine, eine ausgesprochen übermütige, was nicht weiter schlimm gewesen wäre, wenn mich nicht der Teufel geritten und dazu verführt hätte, laut zu denken.

»Spielen wir um Leila!« murmelte ich.

Wasserstein starrte mich eine Sekunde verblüfft an. Dann begann er schallend zu lachen. »Nicht schlecht«, prustete er. »Erfrischend ehrlich!« Doch dann wurde er schnell wieder ernst und warf mir einen eigenartigen Blick zu. Er stand auf, zog eine Schachuhr und ein Spiel aus einer Kommodenschublade und stellte alles auf den Tisch.

»Und was bekomme ich, wenn ich gewinne?« fragte er.

»Sie dürfen Leila behalten.«

»Was?« Wasserstein lachte erneut. »Ich kann nur gewinnen, was ich ohnehin schon habe? Mehr haben Sie mir nicht zu bieten? Haben Sie keine ebenso schöne Freundin, die ich gewinnen kann?«

»Leider nicht«, sagte ich.

»Was können Sie mir sonst bieten?«

»Haben Sie Sahne im Kühlschrank?«

»Wie bitte?«

»Diese fertige Sahne zum Sprühen«, präzisierte ich.

»Ja, die haben wir. Wollen Sie die jetzt etwa naschen?« Wasserstein stand lachend auf, ging zur Tür und knipste mit einem Tastendruck mehrere in verschiedenen Teilen des Raumes stehende Lampen an, die ein warmes, dezentes Licht verbreiteten. Ich hatte gar nicht gemerkt, daß es inzwischen ziemlich dunkel geworden war.

»Nein«, antwortete ich. »Sie können mir die Sahne ins Gesicht und auf die Haare spritzen, wenn ich das Spiel verliere. Ich werde dabei auf Händen und Knien auf dem Fußboden sitzen und bellen.«

Wasserstein, der inzwischen wieder Platz genommen hatte, war leider nicht amüsiert, sondern zog mißbilligend die Stirn in Falten. »Sie bieten mir nur eine lustige, kleine Demütigung als Ersatz für Leila an? Gabriel, Gabriel, Sie enttäuschen, ja, Sie verärgern mich. Sie wollen Gold haben und Glasperlen geben! Ich werde Sie mit einem Spieleinsatz meiner Wahl bestrafen: Spielen wir um die Fortsetzung unseres Gesprächs! Wenn Sie verlieren, ist unser gemeinsamer Abend beendet. Gewinnen Sie, dürfen Sie und Vincent noch eine Weile bleiben.«

Ich wäre am liebsten im Boden versunken. Ich hatte meine Chance mit Pauken und Trompeten vermasselt. Verlor ich das Spiel, würde Wasserstein uns vor die Tür setzen, und Vincent würde mit bezahlen müssen für meinen (mir unerklärlichen) Fauxpas. Ich durfte auf keinen Fall verlieren!

Als wir schweigend gelost und unsere Figuren aufgestellt hatten, kam Leila mit dem Tablett und vier mit Rotwein gefüllten Gläsern. Nun gesellte sich auch Vincent wieder zu uns.

Wasserstein hatte die weißen Figuren und eröffnete unorthodox. Ich hatte als Student in einem Schachverein gespielt und glücklicherweise mit Blitzschach einige Erfahrungen gemacht. Etwa nach dem zehnten Zug merkte ich, daß Wasserstein mich schlagen würde, wenn ich auch nur den kleinsten Fehler machte. Ich spürte die Intensität seiner Konzentration, seinen Willen, mich für meinen Fehltritt zu bestrafen, und stemmte mich mit aller Kraft dagegen. Etwa in der Mitte des

Spiels brachte er mich in eine brenzlige Situation, aus der ich im letzten Moment durch eine Rochade herauskam. Dann machte er einen Flüchtigkeitsfehler, der mir einen Vorteil verschaffte, den ich konsequent nutzte und weiter ausbaute, bis ich Wasserstein in die Defensive drängen und schließlich schachmatt setzen konnte.

Ich atmete erleichtert durch. Mit Schachfiguren hantierte er also nicht so überlegen wie mit Worten. Sein Kopf war gesenkt, als wollte er sein Mienenspiel verstecken, aber ich sah dennoch die Wut und Enttäuschung über seine Niederlage. Er schien ein schlechter Verlierer zu sein. Das paßte gar nicht zu seiner sonstigen Souveränität.

»Ich habe nicht gut gespielt«, murmelte Wasserstein. Seine rechte Hand zitterte kaum merklich. Vielleicht zittert sie, dachte ich, weil er mit ihr am liebsten die Figuren vom Schachbrett fegen würde, um seinem Ärger Luft zu machen. Aber sie darf es nicht, weil ihr Herr und Meister das Image seiner Souveränität nicht gefährden will.

In diesem Augenblick klingelte das Telefon. Leila stand auf und sagte zu Wasserstein: »Das wird Maria sein. Sie wollte mich heute abend anrufen.«

Als Leila den Wintergarten verlassen hatte, erklärte der Romancier: »Kommen Sie, gönnen wir uns einen Ortswechsel und siedeln in die Bibliothek über. Ich habe dort meine Zigaretten liegen. Ich erlaube mir pro Tag eine oder zwei, und die rauche ich immer abends im Bücherzimmer.«

Wasserstein führte uns durch den Korridor in einen länglichen Raum, dessen Wände vom Boden bis zur Decke mit Bücherregalen bedeckt waren, die einigen Tausend Bänden Platz boten.

In der Mitte des Zimmers stand ein kleiner, runder Glastisch. Um ihn herum waren vier kompakte, weiße Ledersessel plaziert. Auf dem Tisch lagen neben einem Aschenbecher eine Packung Zigaretten und ein Feuerzeug. Den Fensterplatz nahm ein wuchtiger antiker Schreibtisch ein.

Wir setzten uns, und Wasserstein bot uns Zigaretten an. Vincent lehnte ab. Ich sagte nicht nein. Wasserstein gab mir Feuer und zündete sich dann selbst eine an. Ich ließ meinen Blick über die zahllosen Buchrücken gleiten und wäre am liebsten aufgestanden, um in seiner Bibliothek herumzustöbern.

Er folgte meinem Blick und erklärte: »Ich habe beileibe nicht alle Titel ganz gelesen. Von vielen genügten mir die ersten zehn, zwanzig Seiten. Ich bin ein ungeduldiger Leser. Wenn ein Buch mich nicht gleich am Anfang für sich gewinnt, hat es mich verloren.« Wasserstein inhalierte den Rauch seiner Zigarette, legte den Kopf in den Nacken und blies einen perfekten Kringel in die Luft. Anscheinend hatte er sich wieder im Griff.

»Was ist für Sie ein guter Roman?« fragte ich ihn.

»Einer, der mir mehr gibt, als er mir abverlangt. Ein großzügiges, kluges, intensives Werk. Ein idealistisches Geschenk an eine materialistische Welt. Ein solches Buch ist selten, und man muß es obendrein – wie auch die seltenen guten Menschen – zum richtigen Zeitpunkt finden. Manches Buch muß man lesen, wenn man zwanzig ist. Entdeckt man es erst mit fünfzig, ist es zu spät. Ein anderes darf man erst mit fünfzig lesen, weil man es mit zwanzig noch nicht verstehen würde.«

Obwohl ich das Gespräch mit Wasserstein genoß (und heilfroh war, daß ich es durch meinen Sieg im Schach verlängern konnte), bekam ich mehr und mehr die Gewißheit, daß es enden würde, ohne daß ich Wasserstein gefragt hätte, was ich ihn wirklich fragen wollte. Für Nicolas Wasserstein war ich ein Fremder, einer unter Millionen seiner Leser, mit dem er zufällig einen Abend verbrachte und den er dann nie wiedersehen würde. Seine Freundschaft war für mich ein unerreichbares Gut, und das stimmte mich traurig. Dabei konnte ich mich glücklich schätzen, diesen Abend mit ihm zu verbringen. Das Schicksal hatte mir den kleinen Finger gegeben, und ich wollte die ganze Hand.

Eine Weile hörte ich nur Wassersteins und Vincents Stimmen, ohne ihren Worten zu folgen, weil ich in Gedanken über die Maßlosigkeit meiner Wünsche versunken war. Und in Gedanken an Leila.

Mit Mühe lenkte ich meine Aufmerksamkeit wieder auf das Gespräch zurück und hörte Wasserstein sagen: »Solchen Selbstauskünften sollte man mit Skepsis begegnen. Die Leute lieben es, sich selbst und alle anderen über ihren wahren Zustand hinwegzutäuschen. Sie behaupten, es gehe ihnen gut, und fühlen sich miserabel. Sie sagen, sie hätten sich entwickelt, und haben sich nur angepaßt. Sie klagen, sie hätten wenig Zeit, und haben wenig Leben. Sie jammern, sie würden immer aufs neue enttäuscht, und wiederholen bloß dieselben Fehler. Sie bedauern, sie könnten sich auf keinen verlassen, und können nur keinem mehr vertrauen. Aber nicht nur Worte täuschen. Man darf auch nicht allzu viel auf das Verhalten der Menschen geben.«

Wasserstein beugte sich vor, drückte die aufgerauchte Zigarette aus und fuhr fort: »Manche haben keine Gefühle, können aber auf Befehl heulen wie ein Schloßhund. Manche geben sich forsch und hart, sind aber im Grunde ihres Wesens unsicher und ängstlich. Andere wirken schüchtern und zurückhaltend, doch wenn es darauf ankommt, zeigen sie Mut und Entschlossenheit. Das wahre Gesicht eines Menschen erkennt man erst in einer Ausnahmesituation, die ihm alles abverlangt, die ihn bis aufs äußerste fordert. Da entpuppt sich der Draufgänger plötzlich als Nervenbündel und der stets Zögernde weiß auf Anhieb genau, was zu tun ist. Wenn man jemanden wirklich kennenlernen will, bringe man ihn in eine Ausnahmesituation, die ihn mit intensiven, elementaren Gefühlen konfrontiert, die seine Persönlichkeitsfassade aufreißen. Und plötzlich erkennt man den wahren Menschen hinter dem scheinbaren.«

Vincent bemerkte: »Wenn das Verhalten eines Menschen trügerisch ist und seine Worte Schall und Rauch sind, woran soll man sich noch orientieren? Wie erkennt man, wen man vor sich hat? Ausnahmesituationen – der Name sagt es – sind selten.«

»Woher soll *ich* das wissen?« Wasserstein wirkte amüsiert. »Es ist verteufelt schwierig zu erkennen, wen man vor sich hat. Warum wird wohl jede zweite Ehe nach ein paar Jahren geschieden?« Wasserstein zündete sich eine zweite Zigarette an, ehe er mit seinen Überlegungen fortfuhr. »Kürzlich las ich den sehr interessanten Aufsatz eines holländischen Psychologie-Professors namens Piet Vroon. Vroon meint, Schuld an der Diskrepanz zwischen unserem Bewußtsein und unserem tatsächlichen Verhalten seien drei Hirne in unserem Kopf, deren Kommunikation miteinander nicht allzu gut ist. Nur das entwicklungsgeschichtlich jüngste Hirn, der Neo-Kortex, ist zu differenziertem Denken und vernunftgesteuerten Reaktionen fähig. Unser instinkthaftes Verhalten wird vom Stammhirn geregelt, das auf der Stufe der Reptilien stehengeblieben ist. Und unsere Gefühle sind im limbischen System angesiedelt, dem sogenannten Säugetierhirn. Obwohl wir gern glauben, unser Handeln sei vom Bewußtsein gesteuert, lenken uns die entwicklungsgeschichtlich älteren Hirnteile mehr, als wir glauben. Mit anderen Worten, das heillose Chaos auf der Welt fängt in unseren Köpfen an.«

»Eine hochinteressante, aber etwas abstrakte Erkenntnis«, wandte ich ein.

»Dann konkretisieren wir sie! Nehmen wir an, Gabriel, Sie glauben an die Liebe. Sie haben eine bestimmte Vorstellung von ihr, eine bestimmte Philosophie. Liebe heißt für Sie zum Beispiel, Ihre Geliebte nicht besitzen zu wollen, ihre Freiheit nicht einzuschränken. Und Sie leben nach Ihrer Überzeugung. Doch plötzlich verliebt Ihre Geliebte sich in einen anderen Mann, und zwar so heftig, daß Sie befürchten, sie zu verlieren. Diese

Furcht, die Sie im limbischen System verspüren, dem Sitz der Gefühle, sendet dem reptilienhaften Stammhirn Notsignale – und schon ist Ihre ganze schöne Liebesphilosophie im Eimer. Das Reptil in Ihrem Kopf macht seinen Einfluß geltend. Sie scheinen urplötzlich zu allem fähig zu sein. Sie sind nicht mehr Sie selbst. Ihre Geliebte, die Sie als toleranten, vernünftigen, konstruktiven Partner kennt, bekommt Angst vor Ihnen, versteht Sie nicht mehr. Sie verstehen sich selbst nicht mehr und sehen sich traurig dabei zu, wie Sie Ihre eigenen Überzeugungen verraten, *aber Sie können nicht anders*. Das Primitive in Ihnen ist stärker als das Differenzierte. Das Reptil frißt den Menschen.«

Wasserstein legte eine Pause ein, als wolle er uns Zeit geben, über seine Worte nachzudenken. Dann setzte er seinen Gedankengang fort: »Übertragen wir dieses Bild auf die globalen Verhältnisse, sieht die Menschheit sich traurig dabei zu, wie sie wider besseres Wissen ihre Lebensgrundlagen zerstört, anstatt mit aller Kraft zu retten, was noch zu retten ist.«

Wasserstein schüttelte den Kopf und rieb sich die Schläfen, als mache ihm das Thema Kopfschmerzen. »Wir fühlen uns gern als Opfer und schieben den Politikern die Schuld in die Schuhe, aber wir sind mitschuldig an der Zerstörung unserer Lebenssphäre, indem wir Autos benutzen, Häuser beheizen, Elektrizität beanspruchen, Müllberge erzeugen, Wasser vergeuden und so weiter. Niemand, der in einem Industrieland lebt, kann seine Hände in Unschuld waschen.«

»Auch wenn ich mir dort nicht die Hände in Unschuld waschen kann: Wo finde ich die Toilette?« fragte ich Wasserstein.

»Zweite Tür rechts«, murmelte er.

Ich verließ das Bücherzimmer und schloß die Tür. Im Korridor fielen mir wieder die Porträtfotos der Indianer auf, die in schwarzen Rahmen in Kopfhöhe an den Wänden hingen. Die ernsten Gesichter längst verstorbener Medizinmänner, Häuptlinge oder Krieger gaben dem Korridor eine merkwürdige Atmosphäre. Ich schenkte ihnen keine nähere Beachtung und ging zur Toilette.

Als ich sie wieder verließ, zogen die Gesichter der Indianer, sechs an jeder Wand, erneut meine Aufmerksamkeit auf sich. Die imposanten, würdevollen Zeugen einer vergangenen Zeit und Kultur strahlten trotz ihrer Fremdheit etwas seltsam Vertrauenerweckendes auf mich aus – als seien sie allesamt aufrechte Männer gewesen, auf deren Wort Verlaß gewesen war. Ich war so tief in die Betrachtung eines alten Indianers mit einer enormen Nase und einem steifen Hut versunken, daß ich nicht die leisen Schritte auf dem Teppichboden hörte, die sich mir näherten.

»Das ist Sitting Bull«, sagte Leila.

Ich zuckte leicht zusammen, vor Überraschung und Freude, und drehte mich zur Seite. Leila stand drei Schritte vor mir. Sie lächelte mich mit ihren schönen Augen offen an, und ich konnte nicht anders, als ihr Lächeln zu erwidern, bis ihr und mein Lächeln *plötzlich miteinander verschmolzen*. Bis zu diesem Moment hatte ich nicht gewußt, daß ein gemeinsames Lächeln so schnell eine solche Intensität erreichen kann, daß jedes Wort sich von selbst verbietet. Ich weiß nicht, wie lange wir so standen. Vielleicht eine Minute, vielleicht zwei.

Plötzlich überkam mich der sehnsüchtige Drang, auf Leila zuzugehen und sie zärtlich zu umarmen. Doch als ich mich bewegen wollte, hielten mich Zweifel an der Richtigkeit meines Impulses zurück und flüsterten mir ein, daß ich diese wunderbare Situation verderben würde, wenn ich mehr von ihr verlangte, als sie von sich aus gab.

In diesem Augenblick klingelte das Telefon erneut.

Wir zuckten erschrocken im selben Moment zusammen. Leilas Blick veränderte sich, zog sich aus dem Bann unseres Lächelns zurück. Ihr Gesicht drückte Bedauern aus. Wortlos drehte sie sich um und ging. Hätte sie das Telefon ignoriert und wäre stehengeblieben, im Bann unseres Blickes geblieben, hätte ich vielleicht doch noch gewagt, sie zu umarmen.

Als Leila durch eine halb offenstehende Tür in das Zimmer gegangen war, aus dem das Telefonsignal kam, war ich trotz meiner Enttäuschung über ihren abrupten Weggang beseelt von dem, was ich gerade mit ihr erlebt hatte: einen unverhofften, kostbaren Glücksmoment. Ich stieß einen inneren Freudenschrei aus.

Unwillkürlich fiel mein Blick auf Sitting Bull, dessen dunkle Augen erstaunlich lebendig auf mir ruhten. Ich erwiderte seinen Blick, nickte ihm (dem Schirmherrn meines Glücks) zum Abschied dankbar zu und ging zurück in die Bibliothek.

»Heutzutage«, sagte Wasserstein zu Vincent, als ich das Bücherzimmer betrat, »leben Kinder schon mit Terminkalendern. Niemand ist mehr Herr seiner Zeit, das private Leben wird zwischen die Termine gequetscht und sieht entsprechend traurig aus.«

Ich setzte mich. Wasserstein nickte mir kurz zu und sprach weiter: »Aus dieser Situation entsteht die Eile, die helfen soll, ein bißchen Zeit zu gewinnen, letztlich aber nur den Streß vergrößert. Eile ist modern. Langsamkeit wirkt befremdend, fast schon provozierend. Müßiggang ist eine aussterbende Kunst. Man hetzt dynamisch aneinander vorbei, läßt sich keine Zeit für intensive, positive Begegnungen.«

Ich unterdrückte ein Lächeln, denn ich hatte noch vor einer Minute eine intensive, positive Begegnung gehabt.

»Wir sind eine Gesellschaft ohne Zeit, also ohne Liebe, denn Liebe braucht Zeit, freie Zeit. Es drängt sich der Verdacht auf, daß die Menschen große Angst vor der Liebe haben. Lieber flüchten sie sich in Arbeit, Streß und Alltagsnebel, als sich Zeit zu nehmen und sich der Gefahr auszusetzen, etwas Schönes, Wunderbares zu erleben.«

Ich verbarg mein nicht mehr zu unterdrückendes Lächeln hinter meiner Hand, denn ich hatte soeben etwas Schönes, Wunderbares erlebt.

In diesem Augenblick kam Leila in den Raum, als hätte mein Lächeln sie gerufen.

Wassersteins Gesichtsausdruck veränderte sich, als er sie sah, er wurde weicher, milder.

»Hier steckt ihr also«, sagte sie mit ihrer melodischen Stimme und blieb im Türrahmen stehen.

Ich spürte mein Herz im Hals klopfen und atmete unauffällig tief durch.

»Wie geht es deiner Schwester?« fragte Wasserstein.

»Gut. Sie hatte viel zu erzählen.«

»Hat noch jemand angerufen? Ich habe eben noch mal das Telefon gehört.«

Wassersteins Nachfrage gefiel mir nicht, sie hatte einen leicht inquisitorischen Ton.

An Leilas Mienenspiel erkannte ich, daß sie mein Empfinden teilte. »Es war noch einmal Maria. Sie hatte etwas vergessen.«

»Typisch Maria. Tja, dann gehen wir wieder in den Wintergarten«, entschied Wasserstein und stand auf. »Leila mag keinen Zigarettenqualm, deshalb steht sie wie angewurzelt im Türrahmen. Wenn ich behaupte, Rauchen sei philosophisch, sagt sie, es stinke.«

Wir folgten Wasserstein und Leila (mit der mich nun ein wunderbares Geheimnis verband) und nahmen wieder unsere angestammten Plätze im Wintergarten ein.

Ich mußte Leila immer wieder ansehen. Ihr Gesicht, ihre lebendigen, freundlichen Augen faszinierten mich mehr und mehr. Sie schien meinen bewundernden Blick zu spüren – und zu genießen. Oder bildete ich mir das ein? Eins war sicher: Sie hatte über ihre Schönheit hinaus etwas, das mich wehrlos machte und endlos zärtlich stimmte. Etwas, das eine Bewunderung in mir weckte, die meinen Verstand sanft paralysierte. Ich fühlte mich von Sehnsucht nach ihrer Liebe berauscht und zugleich bitter von der Gewißheit ernüchtert, daß meine Sehnsucht unerfüllbar war. Der Gedanke, daß ich ihr nach diesem Abend nie wieder begegnen würde, begann mich zu quälen. Um mich davon abzulenken, fragte ich Leila: »Verraten Sie mir Ihr Lieblingszitat?«

Sie antwortete nach kurzem Zögern: »Es stammt von Hegel: ›Das wahrhafte Wesen der Liebe besteht darin, das Bewußtsein seiner selbst aufzugeben, sich in einem anderen Selbst zu vergessen, doch in diesem Vergehen und Vergessen sich erst selber zu haben und zu besitzen.‹ Ich finde diese Worte sehr schön.«

»Ja, das sind sie«, sagte ich.

Dann fragte Leila mich: »Und wie lautet Ihr Lieblingszitat, Gabriel?«

»Es stammt von Stendhal«, antwortete ich, »und es lautet: ›Die Liebe ist eine köstliche Blume, aber man muß den Mut haben, sie am grausigen Rand eines Abgrunds zu pflücken.‹ Als ich diesen Satz las, ist er mir unter die Haut gegangen.«

Leila sah mich an, als hätten Stendhals Worte sie gleichermaßen berührt.

»Gefällt mir«, sagte Wasserstein. »Wer liebt, braucht Mut. Die Feigen wissen gar nicht, was Liebe ist. Sie pflücken Blumen, die gar keine Blumen sind.«

In dem nach Wassersteins Worten entstandenen Schweigen kündigte sich für mein Empfinden das baldige Ende unserer Besuchszeit an. Die Fähigkeit zu spüren, was in der Luft liegt, wurde mir in die Wiege gelegt. Ich suchte Vincents Blick, um zu sehen, ob er mein Empfinden teilte. (Wir wollten Wassersteins Gastfreundschaft auf keinen Fall überbeanspruchen und hatten ein Signal vereinbart, wenn uns der richtige Zeitpunkt für den Abschied gekommen zu sein schien.) Doch Vincent bemerkte weder den in der Luft liegenden Abschiedsgeruch noch meinen Blick und fragte Wasserstein: »Ihr Korridor ist eine kleine Galerie von Indianerporträts. Haben Sie eine besondere Beziehung zu Indianern?«

»Oh ja«, sagte Wasserstein nachdrücklich, »zu den nordamerikanischen Indianern, vor allem zu den Lakota – auch fälschlich bekannt als Sioux. Es sind Menschen, die schon immer einen klaren Blick für das Wesentliche hatten. In den Augen der wenigen Indianer in den USA, die Völkermord und Terror überlebt haben, ist unsere Zivilisation ein totaler Mißerfolg, dessen Hauptursache der Geldwahn ist. Die Jagd nach dem Geld war den Indianern unbekannt. Sie legten wenig Wert auf persönlichen Besitz, bei ihnen zählte die Persönlichkeit. Die wichtigste Frage im Leben eines Indianers hieß: *Wie glücklich bin ich?*«

Wasserstein drehte seinen Kopf zur Seite und blickte in seinen wilden Garten. Nach einer Weile wandte er sich wieder uns zu. »Ich bewundere Bäume«, sagte er leise. »Sie sind die schönsten und friedlichsten Geschöpfe der Welt – erhaben, prachtvoll und wunderbar, wenn sie blühen.« Wasserstein hielt kurz inne und fuhr dann fort: »Der Lakota-Indianer spürt, daß die ganze Natur von einer geheimnisvollen, göttlichen Kraft durchdrungen ist, die er *Wakan* nennt. Er sieht Gott als ein unbegreifliches und unbegrenztes Sein, in dem alle Dinge mysteriös miteinander verbunden und gleichwertige Teile des Ganzen sind. Dieses Sein nennt er *Wakan Tanka – Großes Geheimnis*. Die europäischen Siedler übersetzten es fehlerhaft mit *Großer Geist*. Im *Großen Geheimnis* kommuniziert alles miteinander, der Käfer und der Schmetterling, der Stein und das Sandkorn, das Meer und der Himmel, das Wasser und die Luft, die Ameise und der Berg. Alles in der Schöpfung hat gleichen Wert und verdient gleiche Achtung.«

Wassersteins Stimme war leiser geworden. Er rieb sich die Augen und schien ein Gähnen zu unterdrücken. Ich bekam das Gefühl, daß unser Gespräch ihn zu ermüden begann.

»Ich war auf meiner Weltreise monatelang in den USA und habe dort mit Indianern gesprochen und mit ihnen gelebt«, sagte er. »Mit zwei Lakota-Indianern in meinem Alter habe ich eine besondere Freundschaft geschlossen. Sie arbeiten als Lehrer in einer Indianerschule in der Rosebud-Reservation in Süd-Dakota, dem Sinte-Gleska-College.« Wasserstein stöhnte. »Die Zustände in der Rosebud-Reservation sind deprimierend, zum Teil katastrophal. Die Arbeitslosenquote liegt zwischen 80 und 95 Prozent. Und der amerikanische Präsident spielt Saxophon. Life is a party!« Wasserstein lachte bitter.

Mein Blick fiel auf Leila. Sie wirkte leicht abwesend, als dächte sie über etwas nach, das mit dem Gespräch nichts zu tun hatte.

Wasserstein massierte sich erneut die Schläfen, als hätte er Kopfschmerzen. Es roch immer mehr nach Abschied.

Erneut suchte ich Vincents Blick, und diesmal fand ich ihn. Er kratzte sich mit dem Daumen am Kinn – unser im Bahnhofsrestaurant verabredetes Zeichen für den richtigen Moment unseres Fortgangs. Ich hatte auch das Gefühl, daß dieser Augenblick jetzt gekommen war, und nickte Vincent kurz bestätigend zu.

Er räusperte sich und sagte zu Wasserstein: »Ich glaube, es wird Zeit für uns zu gehen. Nicolas – herzlichen Dank für Ihre Gastfreundschaft. Dieser Abend hat mir sehr viel gegeben.«

»Ich hoffe, Sie behalten unseren Besuch in guter Erinnerung«, sprach ich meinen Abschlußvers. »Für mich war er ein Erlebnis.«

Ich suchte Leilas Blick – und fand ihn endlich wieder. Lag Traurigkeit in ihm – oder war es meine eigene Traurigkeit über den bevorstehenden Abschied, die ich in Leilas Augen projizierte?

Wasserstein machte keine Anstalten, uns zurückzuhalten, was die Richtigkeit unserer Entscheidung unterstrich. Vincent stand auf und gab damit das endgültige Signal zum Aufbruch. Schweigend folgten wir Wasserstein und der immer noch nachdenklich wirkenden Leila zur Garderobe. Als wir unsere Jacken anzogen, war es mir, als würde Wasserstein ein weiteres Mal einen Gähnreiz unterdrücken.

»Wo werden Sie übernachten?« fragte der Romancier. Ich hatte den Eindruck, er war erleichtert, daß wir seine Gastfreundschaft nicht über Gebühr strapaziert hatten.

»Im Haus meines Vaters«, antwortete Vincent. »Wir haben sturmfreie Bude, der Herr Doktor ist auf einem Kongreß, die Haushälterin auf meiner Seite.«

Wasserstein lächelte. »Gut. Auf Wiedersehen will ich Ihnen nicht sagen, da wir uns nicht wiedersehen werden.« Er öffnete die Haustür und verabschiedete uns mit den Worten: »Kommen Sie gut nach Hause – wo immer das auch sein mag.«

Zum letzten Mal suchte ich Leilas Blick, wobei mir bewußt war, daß Wasserstein mich beobachtete. Ich spürte mein Herz im Hals pochen, zum letzten Mal an diesem Abend. Ich lächelte Leila an, und sie erwiderte mein Lächeln. Fast hätte ich ihr die Hand zum Abschied gereicht, um sie wenigstens einmal körperlich zu berühren. Aber dann wollte ich lieber gar keine Berührung als eine so abgegriffene.

Später, als ich im Taxi neben Vincent saß, bereute ich meinen Entschluß. Ich hätte unter dem Deckmantel einer banalen Abschiedsgeste – wenn auch nur für Sekunden – die Hand der Frau halten können, die mich mehr fasziniert und verzaubert hatte als alle anderen zuvor.

3

»Welch ein Abend!« schwärmte Vincent, nachdem wir minutenlang schweigend durch die menschenleeren, im Laternenlicht träumenden Wohnstraßen gegangen waren.

»Ja«, stimmte ich ihm zu. »Ich wäre gern länger geblieben.«

»Ich auch. Aber es wurde höchste Zeit zu gehen«, sagte Vincent. »Wasserstein war müde geworden. Da an der Ecke ist eine Telefonzelle! Ich rufe uns ein Taxi. Zu unserem Haus ist es per pedes zu weit.«

Vincent telefonierte. Dann setzten wir uns auf eine Vorgartenmauer und warteten schweigend auf unser Taxi. Auch im Auto sprachen wir nicht.

Ich schloß die Augen und versuchte, mir Leilas Gesicht so tief wie möglich einzuprägen, den Glanz ihrer Augen, den Schwung ihrer Brauen, ihren weichen, vollen Mund. Der wohltuende Klang ihrer Stimme hallte in meinem Bewußtsein nach. Ich fragte mich (ohne Ergebnis), was mehr wog: das Glück, ihr begegnet zu sein, oder das Unglück, ihr nie wieder zu begegnen.

Schließlich erreichten wir unser Ziel, erneut in einer guten Wohngegend. Das Haus, vor dem wir ausstiegen, wirkte so stattlich wie Wassersteins Villa, machte aber einen ganz anderen Eindruck. Es war moderner, sachlicher gebaut und strahlte eine gewisse Kälte aus. Der

Vorgarten war peinlich genau gepflegt und bildete mit seiner Strenge ein krasses Gegenstück zu Wassersteins wild wuchernder Gartenflora.

Vincent klingelte, und eine pausbäckige, fröhliche Frau um die Sechzig öffnete. Sie freute sich, Vincent zu sehen und umarmte ihn herzlich. »Da bist du ja endlich, du Herumtreiber! Und das ist sicherlich dein Freund Gabriel.«

Ich bejahte, und sie drückte mir die Hand. »Ich bin Agnes und habe hier schon den Haushalt geführt, als Vincent noch zur Schule ging. Kommt rein!«

»Du bist eben eine geborene Führungskraft, Agnes«, sagte Vincent. Ich folgte ihm in das Haus, das sein Vater ihm verboten hatte.

Nachdem wir eine halbe Stunde mit Agnes zusammen in der Küche gesessen und den von ihr extra für uns gemachten Obstsalat lobend verspeist hatten, brachte Vincent mich ins Gästezimmer – einen gemütlichen Raum im Dachgeschoß. »Wir können bis Sonntag nachmittag hierbleiben«, erklärte er. »Mein Vater kommt nicht vor Sonntag abend zurück. Morgen zeige ich dir ein bißchen von der Stadt. Abends gehen wir zu einer Fete bei einem Freund. Es kommen angeblich ein paar attraktive Frauen. Eine wie Leila solltest du dort allerdings nicht erwarten.«

Ich stellte meine Reisetasche ab und setzte mich auf das bequeme Doppelbett. »Eine wie Leila erwartet man nirgendwo.«

»Wasserstein ist zu alt für sie«, unterstrich Vincent seinen ersten Eindruck. Er ließ sich in den Schreibtischsessel sinken, schlug die Beine übereinander und prophezeite: »Sie wird ihn wegen eines Jüngeren verlassen.«

»Das klingt nach Neid, Vincent, und wenn es Neid ist, teile ich ihn mit dir. Eine solche Frau ist zu schön, um nur einen Mann zu lieben. Wahrscheinlich hat sie einen heimlichen Liebhaber.«

»Wie auch immer, Gabriel – sie würde auf keinen Fall mit einem Fünfzigjährigen leben, wenn er nicht reich und berühmt wäre. Sie würde einen Mann in unserem Alter vorziehen.«

»Wasserstein wäre nicht reich und berühmt«, gab ich zu bedenken, »wenn er nicht wäre, was er ist. Seine Bücher sind Produkte seiner Persönlichkeit, sein Erfolg ist ein Erfolg seiner Persönlichkeit. Und die fasziniert Leila, was ich verstehen kann.«

»Mag sein«, räumte Vincent ein. »Was für ein Mensch ist Wasserstein in deinen Augen – hinter seiner Kulisse?«

»Das habe ich mich selbst schon gefragt. Er denkt und redet glasklar, und doch wirkt er undurchsichtig. Er wirkt souverän, doch nach der verlorenen Schachpartie konnte er seinen Ärger nicht verbergen. Hast du es auch gesehen?«

Vincent nickte. »Ja, es hat mich überrascht. Sieh an, dachte ich, dieser abgeklärte, so ausgeglichen wirkende Mann kann durchaus die Kontrolle über sich verlieren! Und er gibt sich alle Mühe, es zu verbergen, als hätte er Angst davor, daß Leila es sieht. Ich bin sicher, er liebt sie. Seine Blicke sprechen Bände. Sie mag ihn, das ist offensichtlich. Ob sie ihn *liebt*, ist eine andere Frage.«

»Es muß schwierig sein, einen Mann wie ihn zu lieben«, griff ich Vincents Gedanken auf. »Er vereinigt krasse Widersprüche in sich. Kein Mensch ist ohne Extreme, aber bei Wasserstein feiern sie Exzesse. Er ist ein romantischer Realist, ein lächelnder Pessimist, ein skeptischer Idealist, ein zivilisierter Indianer. Ein anderer wäre unter dem Druck solcher Widersprüche zusammengebrochen – Wasserstein wurde kreativ.«

»Ja, vielleicht sind seine großen Widersprüche die Quelle seiner großen Romane«, teilte Vincent meine Vermutung. »Aber wie gesagt – er versteckt etwas. Ich habe versucht, seine Fassade zu durchschauen, und sah ihn einen Moment lang als einen Resignierten, der seine Resignation als Gelassenheit tarnt. Aber ich kann mich getäuscht haben.«

»Vielleicht hast du recht, Vincent. In gewisser Weise hat er resigniert. Er erwartet nichts mehr von der Menschheit, er hat sie aufgegeben. Ihm ist nur noch sein Privatleben wichtig – kein Wunder, wenn eine Frau wie Leila es mit ihm teilt. Ich fand es schade, daß Leila am Ende etwas abwesend war. Ich sehe sie wieder vor mir. Wie kann eine Frau so schön sein! Es wird nicht leicht sein, sie zu vergessen.«

In diesem Moment hatte ich den Impuls, Vincent von meiner Begegnung mit Leila im Korridor zu erzählen, doch ich entschloß mich, sie ihm zu verschweigen. Sie sollte für immer Leilas und mein Geheimnis bleiben.

»Es wird aber nötig sein, Leila zu vergessen«, stellte Vincent fest, »sonst werden wir andere interessante Frauen mit ihr vergleichen, und das könnte nur zu unnötigem Verzicht führen. In ein paar Jahren werden wir selbst nicht mehr glauben, daß wir bei Wasserstein und Leila zu Besuch waren.«

»Ob er sie noch faszinieren kann?« spekulierte ich. »Die beiden leben mindestens schon ein Jahr unter einem Dach. Nichts stumpft Gefühle so schnell ab wie der alltägliche Umgang. Irgendwann hat auch ein Wasserstein sein Pulver verschossen und kann sich nur noch wiederholen.«

»Es sah nicht so aus, als würde er sie langweilen«, sagte Vincent.

Ich gab ihm recht. Wir unterhielten uns nun eine ganze Weile über Leila (anstatt sie zu vergessen), versuchten uns ihren Tagesablauf vorzustellen, die Art ihrer Malerei (sie hatte ja gesagt, sie male), wir tauschten Vermutungen über ihr Verhältnis zu Wasserstein aus und bezweifelten, daß sie ihm treu war.

»Ich glaube, der Neid auf Wasserstein beeinflußt unsere Phantasie«, konstatierte ich. »Vielleicht ist Leila treu wie Gold, und die beiden haben ein beneidenswertes Verhältnis – trotz des Altersunterschieds.«

Vincent zuckte mit den Schultern. »Wie dem auch sei.« Er gähnte ausgiebig und rieb sich die Augen. »Mir wird der Kopf immer schwerer. Du weißt, ich hatte gestern nacht kaum Schlaf und brauche jetzt unbedingt ein Bett. Nimm's mir nicht übel, Gabriel, aber mir fallen gleich die Augen zu. Also dann – bis morgen.« Er stand auf und klopfte mir auf die Schulter. »Träum von Leila!« sagte er, bevor er die Tür schloß.

Vincent hatte sich nicht verändert in den letzten Jahren. Schon als Student war er ein Meister des abrupten Abgangs gewesen.

Ich lag noch lange wach im Bett und ließ bestimmte Momente des Abends immer wieder in mir nachklingen, vor allem die Begegnung mit Leila im Korridor. Schließlich kam doch der Schlaf und brachte mir einen kuriosen Traum, an den ich mich beim Erwachen noch genau erinnerte.

Ich war das Opfer eines Komplotts geworden. Meine Frau (in diesem Traum war ich ein Ehemann) war ermordet worden, und jemand (wahrscheinlich der Mörder) hatte die Indizien so arrangiert und manipuliert, daß sie eindeutig meine Täterschaft suggerierten. Ich saß in einem kargen Polizeibüro, und ein sehr engagierter Kommissar verhörte mich. Seine feindselige Stimme kam mir irgendwie bekannt vor. Doch ich konnte sein Gesicht nicht erkennen, weil der helle Strahl einer Schreibtischlampe mich blendete, den er auf mein Gesicht gerichtet hatte. Der Kommissar zählte mir die schwerwiegenden Indizien auf, die gegen mich vorlagen, und versuchte, mich zu einem Geständnis zu bewegen, aber ich beteuerte standhaft meine Unschuld, bis er schließlich erkannte, daß er nie ein Geständnis von mir bekommen würde.

Urplötzlich begann er zu weinen. Er kam zu mir, kniete sich auf den Boden, legte seinen Kopf auf mein

Knie und klagte mir schluchzend, daß ihm leider ein unentbehrliches Glied in der Indizienkette gegen mich fehle. Das Gericht würde einen Mordverdächtigen aber nur verurteilen, wenn ihm eine *lückenlose* Indizienkette präsentiert werde. Ich würde also aus Mangel an Beweisen freigesprochen werden, und seine ganze mühevolle Arbeit sei völlig umsonst gewesen, weinte der Kommissar sich auf meinem Oberschenkel aus.

Ich war erleichtert, daß ich nicht bestraft werden konnte, zumal ich meine Frau nicht getötet hatte. Tröstend legte ich dem Kommissar meine Hand auf die Schulter, denn in meiner Erleichterung hatte ich Verständnis für seine Enttäuschung. Ich fragte ihn, welches Glied in der Indizienkette ihm fehlen würde. Er murmelte resigniert: »Ein Stück Papier, nur ein Stück Papier.«

Als der Kommissar aufsah und sich die Tränen aus den traurigen Augen rieb, erkannte ich ihn – es war Wasserstein!

Vor Schreck erwachte ich.

Ich schlief nach einer Weile wieder ein und wachte erst gegen elf auf. Mittags führte Vincent mich in ein indisches Restaurant, wo wir hervorragend aßen. Später machte er mit mir eine kleine Stadtbesichtigung, zeigte mir sein ehemaliges Gymnasium und das Haus, in dem er geboren wurde. Auch die verborgene Stelle im Park, wo er als Siebzehnjähriger mit einer zehn Jahre älteren Frau in einer warmen Augustnacht seine Unschuld verloren hatte.

Abends gingen wir zu der Party, zu der Vincent eingeladen war. Sie fand in einem Studentenwohnheim in angenehm lockerer, wenn auch etwas chaotischer Atmosphäre statt. Ich bediente mich am kalten Büfett, trank Wein, tanzte gelegentlich und unterhielt mich die meiste Zeit angeregt mit einer fröhlichen Soziologie-Studentin mit dunklen, lieben Augen und lebendiger Mimik. Bei aller Sympathie, die ich für sie empfand, konnte sie dem Vergleich mit Leila nicht einmal im Ansatz standhalten. (Am nächsten Morgen hatte ich ihren Namen vergessen.)

Als ich am Sonntag nachmittag gegen drei Uhr mit Vincent das Haus seines Vaters verließ, die Reisetasche in der Hand, fühlte ich mich ein wenig traurig. Meine freundschaftlichen Gefühle für Vincent machten mir den Abschied nicht leicht. Vielleicht rührte ein Teil meiner Traurigkeit auch daher, daß ich die Stadt verließ, in der Leila lebte. Wir gingen schweigend zur nahegelegenen Straßenbahnhaltestelle, wo wir nicht lange warten mußten.

»Mach's gut, Vincent!« sagte ich, als die Straßenbahn hielt.

»Ich wünsch' dir viel Glück, Gabriel!« war seine denkwürdige Antwort.

Wir umarmten uns. Dann stieg ich ein und winkte Vincent zu, bis die Bahn um eine Kurve bog.

4

Vincents Wunsch sollte mit einer unheimlichen Geschwindigkeit in Erfüllung gehen. Das viele Glück, das er mir gewünscht hatte, begann keine Viertelstunde später.

Wie Vincent mir beschrieben hatte, stieg ich an der vierten Haltestelle aus, um in die Linie 7 umzusteigen, die zum Bahnhof fuhr. Ich mußte nicht lange auf Anschluß warten, stieg hinten ein, stellte meine Reisetasche auf den Boden und lehnte mich mit dem Rücken gegen das Heckfenster. Als die Bahn anfuhr, mußte ich unwillkürlich an Leila denken.

Ich stand gerade ein paar Minuten in der Bahn, als mein Herz plötzlich schneller zu schlagen begann – wie zwei Tage zuvor, als ich mit Vincent vor Wassersteins Haus aus dem Taxi gestiegen war und noch nichts von Leilas Existenz gewußt hatte. (Gibt es einen Sinn, der wichtige Ereignisse erkennt, *bevor* sie stattfinden? Einen vorausfühlenden Sinn des Herzens?)

Kurz darauf hielt die Straßenbahn zum dritten Mal. Die Türen öffneten sich. Zwei Leute stiegen aus. Ich betrachtete die Zusteigenden: eine ältere Frau, einen jungen Mann mit schwarzer Lederjacke, ein dickes Schulmädchen mit roten Wangen.

Dann stockte mir der Atem, denn es geschah etwas völlig Unglaubliches: *Leila stieg ein!* Durch die mittlere

Tür. Ich zweifelte keinen Augenblick daran, daß sie es war. Trotz ihrer großen, schwarzen Sonnenbrille erkannte ich sie sofort. Ich muß sie wie ein Gespenst angestarrt haben, ich konnte ihr Erscheinen nicht fassen. Nur mein rasendes Herz war im Bilde. Sie ließ ihre Fahrkarte abstempeln und steckte sie ein. Dann entdeckte sie mich. Was ich in ihrem Gesicht las (in dem Teil ihres Gesichtes, den die Sonnenbrille freiließ), war nichts als freudige Überraschung. Die Straßenbahn fuhr wieder an. Leila kam lächelnd durch den Gang auf mich zu und blieb einen Schritt vor mir stehen. Sie nahm die Sonnenbrille ab und sah mir in die Augen. Sie sagte kein Wort, stand einfach vor mir und lächelte. Ich sah sie atemlos an und ließ mich von ihrem Lächeln verzaubern.

Ich weiß nicht, was geschehen wäre, wenn die Fahrt ohne Zwischenfall verlaufen wäre. Vielleicht hätte sie oder ich etwas gesagt, das die Magie zerstört hätte. Und wir hätten uns getrennt, ohne daß etwas geschehen wäre.

Aber es gab einen Zwischenfall. Aus irgendeinem Grund wurde der Bahnfahrer zu einer abrupten Bremsung genötigt. Ich konnte mit Mühe meinen Stand halten. Leila verlor das Gleichgewicht und taumelte in meine Arme, die ich instinktiv ausbreitete und schützend um sie legte. Ich spürte eine starke, helle, heitere Kraft, die mich im Nu durchströmte und überwältigte, fühlte das Leben in Leilas Körper pulsieren, atmete den Duft ihres Haares ein. Ich hörte das Kreischen der Bahnräder, das Fluchen des Fahrers, und hörte es doch nicht.

Wir umarmten uns noch, als der Bahnfahrer kurz darauf wieder anfuhr. In unserer Umarmung hatten wir uns in Blitzesschnelle erkannt – und uns nicht mehr voreinander verstecken können und wollen. Als der Fahrer gebremst hatte, konnten wir uns nicht mehr bremsen. Unsere Umarmung hatte uns die Wahrheit gezeigt. Wir wären feige Lügner gewesen, wenn wir uns mit einem verlegenen Lachen voneinander gelöst hätten, als die Bahn wieder anfuhr. Wir hatten den *point of no return* erreicht, wir konnten nicht mehr zurück. Wie sollten wir verdrängen oder ignorieren, was sich blitzartig zwischen uns offenbart hatte – es war zu schön, zu stark, zu wahr, zu verheißungsvoll. Nach zehn wilden Herzschlägen waren Leila und ich Liebende geworden. Eine solche Liebe wählt man nicht, man wird von ihr gewählt.

Neben der Liebe auf den ersten Blick gibt es auch die Liebe auf die erste Berührung. Und die geht vielleicht noch tiefer. Das hatte ich vor Jahren einmal (in einem Roman von Nabokow) gelesen und nicht so recht glauben wollen. Jetzt glaubte ich es.

Ohne ein Wort miteinander gesprochen zu haben, stiegen Leila und ich (als hätten wir uns telepathisch verständigt) an der nächsten Haltestelle aus. Wir liefen zum Vorderteil der Bahn, um den Fahrer, unseren Glücksbringer, zu sehen; doch wir konnten nur einen flüchtigen Blick auf ihn werfen, denn er fuhr schnell wieder an – als wollte er unserer Dankbarkeit entkommen.

Dann standen wir uns gegenüber. Unsere Blicke flossen lächelnd ineinander. Wir umarmten uns zum ersten

Mal freiwillig. Mit festem Boden unter den Füßen, der trotzdem zu schwanken schien. Mir war, als würde jede Zelle meines Körpers vibrieren. Als unsere Lippen sich berührten, begann Leila ganz leicht zu zittern. Es war nicht mein erster Kuß, aber es war das erste Mal, daß ein Kuß mich bis in die Haarspitzen mit Freude und Glück erfüllte. Dieser Kuß löschte alle Küsse aus, die ich bisher erlebt hatte. Er verhielt sich zu ihnen wie eine Sterne sprühende Wunderkerze zu einem brennenden Streichholz.

Wir gingen Hand in Hand durch sonnige Wohnstraßen und hatten noch immer kein einziges Wort miteinander gesprochen. Ich weiß jetzt, was ein perfekter Spaziergang ist: Hand in Hand sprachlos vor Glück in warmer Luft ohne Ziel durch Straßen gehen, die behaglich im Sonnenlicht liegen. Unsere Schritte harmonierten miteinander wie unsere Blicke, unsere Körper, unsere Seelen. Sie führten uns in einen alten, leicht verwilderten Friedhof, der eher wie ein kleiner Park wirkte – mit prächtigen Bäumen, üppigen Sträuchern und einem romantisch gelegenen, kleinen See, an dessen Ufer wir uns ins Gras setzten.

Als unsere Blicke wieder ineinanderströmten, sagte ich zärtlich: »Leila.«

Sie lächelte und sagte: »Als ich in die Straßenbahn stieg, mußte ich unwillkürlich an dich denken. Und plötzlich *sah* ich dich!«

»Ich mußte schon an dich denken, als ich ein paar Haltestellen vorher in die Bahn stieg.«

»Außersinnliche Wahrnehmung«, stellte sie lächelnd fest. »Als du vorgestern abend gingst, war ich traurig, daß ich dich nie mehr sehen würde. Und jetzt – ich kann es immer noch nicht glauben.«

Ich schloß die Augen vor Freude. Als ich sie wieder öffnete, war Leilas Mund ganz nah bei meinem, und ihr Blick glänzte vor Zärtlichkeit. Ich habe unsere Küsse an diesem Nachmittag nicht gezählt. Einer war tiefer, berauschender als der andere. Wir saßen und lagen stundenlang am Ufer des Sees im Reich der Toten. In uns war reines Leben, um uns herum Frieden und Stille. Kein bellender Hund, kein schreiendes Kind, kein empörter Zeitgenosse (der unsere leidenschaftlichen Küsse auf einer Friedhofswiese als Sakrileg empfand), nichts und niemand störte unser inniges Zusammensein. Es war, als hätte die Welt sich entschlossen, unser Glück als schützenswert zu betrachten.

Wir sprachen nicht viel an diesem Sonntag nachmittag. Außer über den ungeheuren Zufall unserer Wiederbegegnung. Über den Straßenbahnfahrer, der unser Leben von einem Moment auf den anderen mit einer Wunder wirkenden Vollbremsung verändert hatte. Leila zeigte sich enttäuscht von seinem frustrierten Gesicht. Ich verteidigte unseren Wohltäter, schließlich lagen noch Schreck und Ärger über die Bremsung auf seiner Seele. Aber vielleicht sah er ja immer so frustriert aus. (Erst jetzt bemerkte Leila, daß sie ihre Sonnenbrille verloren hatte – wahrscheinlich bei unserer Umarmung in der Straßenbahn.)

Dann küßten wir uns, wieder und wieder. Der Garten der Toten wurde zum Garten Eden und unsere Küsse zur Sprache des Paradieses.

Kurz vor Sonnenuntergang verließen wir den Ort unseres zweiten Glücks. Der Ort unseres ersten Glücks, eine gelbe Straßenbahn mit der Nummer 7, fuhr irgendwo durch die Stadt, wahrscheinlich schon von einem anderen Fahrer gelenkt.

»Wohin wolltest du eigentlich mit der Bahn fahren?« fragte ich Leila.

»Zu meiner Schwester«, sagte sie. »Ursprünglich wollte ich gar nicht mit der Bahn zu ihr fahren, sondern mit dem Auto. Doch Nicolas hat sich heute mittag mein Auto ausgeliehen, weil seines nicht ansprang. Er hatte sich außerhalb der Stadt zum Tennis verabredet und stand unter Zeitdruck. Also haben wir es Nicolas zu verdanken, daß wir uns wiedergesehen haben.«

»Oder dem Schicksal, das Nicolas' Auto sabotiert hat«, erwog ich.

»Versteht das Schicksal etwas von Automotoren?« fragte Leila.

»Nicht nur von Automotoren«, antwortete ich. »Auch von Straßenbahnbremsen – und von dem richtigen Moment, sie einzusetzen.«

Als wir Arm in Arm mit den langsamen, verträumten Schritten der Verliebten die kleine Straße entlanggingen, die am Friedhof vorbeiführte, standen wir plötzlich (als hätten wir genau dorthin gewollt) vor dem Ort unseres dritten Glücks – dem kleinen, familiär wirkenden *Hotel Hermes*, von dessen hinteren Dachgeschoßfenstern man einen schönen Blick auf den kleinen See haben mußte. Leila und ich sahen uns in die Augen, und wieder fand eine intuitive Absprache zwischen uns statt. Alles zwischen uns war frei von Zögern und Zweifeln. Wir gingen in die Rezeption, und ich verlangte ein nach hinten gelegenes Mansardenzimmer. Eins war noch frei. Als die Frau an der Rezeption uns den Schlüssel gab, sagte sie: »Das Zimmer ist ab Dienstag reserviert. Übermorgen früh um elf müßten Sie es spätestens verlassen.«

Unser Zimmer hatte die Nummer 9, lag am Ende des Mansardenkorridors und erwies sich als ein kleiner, gemütlicher Raum mit heller Holzvertäfelung an Decke und Schräge und geschmackvollen Blumenaquarellen an den weißen Wänden. Ein französisches Bett, ein runder Holztisch, zwei kleine Sessel und ein Schrank bildeten das Mobiliar. Durch die beiden Dachfenster blickten wir über den Baumgürtel, der den Friedhof umgab, auf den kleinen, ovalen See, den See der Freude, wie ich ihn von nun an nannte.

Leila schloß die Tür ab und kam mit langsamen Schritten auf mich zu. Als wir uns umarmten, sah ich Sterne – winzige Lichtpunkte am Himmel meiner geschlossenen Lider. Ich öffnete die Augen, und unsere Blicke sanken ineinander. Ich erkannte mit magischer Klarheit, daß alles genau so hatte geschehen müssen, wie es geschehen war.

Als es dunkel geworden war in unserem Mansardenzimmer, wußte ich, daß ich Leila liebte, wie ich eine

Frau nur lieben kann. Wir lagen schweigend aneinandergeschmiegt. Ich war glücklich wie nie zuvor – und voller Vorfreude auf die Zukunft. Ich fühlte, daß Leila mir mit ihrer Liebe die wunderbare Chance gab, endlich herauszufinden, was alles in mir steckte – an Liebesfähigkeit, an Lebenslust, an Zärtlichkeit, an Leidenschaft. Ich wollte diese Chance nutzen. Leila war die Frau meiner Träume, die sich in die Wirklichkeit verirrt hatte. Der Zauber ihrer Nähe, der Duft ihrer Haare, die Weichheit ihrer Haut, das sanfte Fließen ihres Atems – alles umfing mich zärtlich und schenkte mir das Gefühl unwiderruflicher Erlösung.

Ich verdrängte an diesem Sonntag so gut wie perfekt, daß Leila die Geliebte von Wasserstein war. Daß sie in seinem Haus wohnte. An diesem Tag war sie *meine* Geliebte. Sie war es so sehr, daß ich so gut wie nie an Wasserstein dachte, den ich mit ihr betrog. Betrog? Wie kann Liebe Betrug sein? *Sie ist eine lebendig gewordene Wahrheit*. Wenn sie ein seliger Wahn ist, dann spürte ich nur die Seligkeit, nicht den Wahn. Wenn sie eine Droge ist, dann hatte ich eine so hohe Dosis erhalten, daß ich über den Wolken schwebte, grenzenlose Sicht genoß und alles für möglich hielt. Endlich erlebte ich überschäumendes Glück! Endlich entdeckte ich das Wunderbare, das ich vergeblich in der Literatur gesucht hatte, im Leben. Endlich war ich befreit vom Dämon der Alltäglichkeit, endlich war ich berauscht, verzaubert.

Irgendwann hörte ich das gedämpfte, zwölfmalige Schlagen einer Kirchturmglocke – ein seltsames, monotones Signal einer fernen, unwirklichen Wirklichkeit, der ich unverhofft entkommen war, der Welt der Uhren, der hohlen Vorgänge, der ewigen Wiederholungen und leeren Worte, Gesten und Rituale, der Welt des simulierten Lebens.

»Mitternacht?« flüsterte Leila.

Ich bejahte.

»Dann ist es besser, wenn ich jetzt gehe«, sagte sie.

Ich zuckte erschreckt zusammen. Leila drückte mich an sich und küßte mich zärtlich auf die Lippen. »Ich komme doch morgen wieder, morgen nachmittag.« Sie löste sich behutsam aus meinen Armen und stand mit einem Seufzer auf.

Ich hatte mich in dem Glauben gewiegt, daß wir die Nacht zusammen verbringen würden. Ich hatte mich getäuscht – und fühlte mich enttäuscht.

»Warum gehst du?« fragte ich sie.

Leila zog sich an, setzte sich zu mir aufs Bett und legte ihre Hand zärtlich auf meinen Arm. »Gabriel, es fällt mir sehr schwer, jetzt zu gehen. Es ist völlig gegen mein Gefühl. Aber ich habe Nicolas versprochen, vor Mitternacht zurückzukommen. Wenn ich die Nacht mit dir verbringe, wird er sich die größten Sorgen machen. Ich müßte ihn anrufen und ihm etwas vorlügen, und das könnte ich jetzt nicht. Wenn ich jetzt nach Hause fahre, fragt er mich nicht einmal, wo ich war. Es passiert öfter, daß ich um Mitternacht nach Hause komme. Laß uns morgen darüber sprechen. Ich komme um fünf. Wartest du hier auf mich?«

»Ja«, versprach ich, »ich warte hier auf dich.«

Leila lächelte und beugte sich zu mir hinunter. Ich zog sie an mich. Wir gaben uns einen langen Abschiedskuß. Dann stand sie wortlos auf und ging.

Ich blieb mit meiner Traurigkeit allein. Doch nach einer Weile verflog das Gefühl der Enttäuschung über Leilas plötzlichen Abschied. (In dem Punkt war sie anscheinend wie Vincent.) Ich war einfach zu glücklich, um länger traurig sein zu können. Und ich wußte, daß Leila am nächsten Tag wiederkommen würde.

Als ich am nächsten Morgen aufstand, war es mir, als könnte ich zum ersten Mal in meinem Leben durch die Pfützen des Alltags gehen, ohne mir die Schuhe naß zu machen. Ich begrüßte mein Gesicht übermütig im Spiegel und staunte über den Glanz in meinen Augen, die zur Morgenstunde sonst eher matt in die Welt gucken und erst mittags richtig wach werden.

Ich duschte mich, zog mich an und verließ das Hotel, um die nähere Umgebung zu erkunden. Ein paar Querstraßen weiter fand ich ein kleines Café, wo ich mir ein Frühstück gönnte. Ich fühlte mich unternehmungslustig und beschloß, ein wenig Großstadtatmosphäre zu atmen. Es herrschte eine angenehme Temperatur, um die zwanzig Grad – eine Wohltat nach der langen, schwülen Hitzeperiode. Ich verließ das Café, spazierte durch die Straßen, und als eine Bahn mit der Schrift *Centrum* in meiner Nähe hielt, stieg ich kurzentschlossen ein.

In der weitläufigen Fußgängerzone brandete mir eine Flut von Gesichtern entgegen. Was mich erschreckte:

Kaum eins von ihnen hatte einen glücklichen Ausdruck. Viele dagegen wirkten so unglücklich, als sei das Leben eine bittere Zumutung, ein übler Scherz, eine Last, ein Betrug. Meine Augen sahen so klar wie nie zuvor. Leilas Liebe hatte ein Fenster meiner Wahrnehmung geöffnet, durch das ich unverhofft in die Wirklichkeit der anderen sehen konnte. Es war faszinierend und erschreckend zugleich, denn ich sah viel seelische Armut, viel mühsam kaschierte Angst, Unsicherheit und Frustration.

Mein schlimmster Eindruck in der City war das Verhalten einer mürrischen jungen Frau ihrem Baby gegenüber, das sie in einem blauen Kinderwagen durch die Einkaufszone schob. Als das Baby unvermittelt zu weinen begann, herrschte sie es an: »Halt die Schnauze!« Ich empfand Mitleid für das Kind, das mit dieser Mutter so gut wie keine Chance hatte.

Immerhin sah ich ein paar lächelnde Gesichter. Ein kleines Mädchen strahlte mich sogar mit einem entzückenden Lächeln an und versteckte sich kokett hinter dem Rock ihrer Mutter, als ich sein Lächeln erwiderte.

Die Summe der zahllosen Gesichter, die im Zentrum der Großstadt auf mich einströmten, hatte mir Wassersteins Auffassung bestätigt, daß unsere Gesellschaft in allerersten Linie lieblos ist. Ich erkannte dies um so deutlicher, weil ich voller Liebe war. Die Gesichter der allermeisten Passanten waren meilenweit von der Liebe entfernt. Sie waren weitgehend ohne Lebensfreude. Sie suchten Freude im Erwerben käuflicher Werte, als wollten sie die Wahrheit umstoßen, daß Freude nur im Erleben nichtkäuflicher Werte möglich ist.

Wachsender Hunger führte mich in ein indonesisches Restaurant, wo ich bei einer freundlichen asiatischen Kellnerin ein vegetarisches Menü bestellte. Während ich in dem angenehmen Ambiente des Lokals auf das Essen wartete, schloß ich die Augen und dachte mit aller Intensität an Leila, sah ihr Lächeln vor mir und spürte ihre Zärtlichkeit unter meiner Haut. Der Name *Leila* gaukelte wie ein Pfauenauge über die bunte Blumenwiese meines Tagtraums. Leilas Stimme sagte, wie einmal am Abend zuvor, unendlich zärtlich meinen Namen. Ich spürte ihre erregenden Lippen weich und warm auf meiner Haut. Sie hatte meine Seele befreit und erhöht mit der Magie ihrer Liebe.

In ein paar Stunden würde ich sie wiedersehen. Ich freute mich darauf, wie ich mich noch nie auf ein Wiedersehen gefreut hatte. Ich war ein neuer Mensch in seiner alten Haut, der deutlicher sah, tiefer fühlte, klarer dachte als je zuvor. Leila hatte meine besten Eigenschaften verstärkt, meine Wahrnehmung intensiviert. Sie hatte mir an einem einzigen Tag so viel gegeben, daß ich nie das Recht haben würde, von ihr enttäuscht zu sein. Ich spürte, daß sie mir (und ich ihr) noch unsagbar viel zu schenken hatte. Wir hatten schwerelose Glücksmomente erlebt, in denen wir ein Herz und eine Seele waren und denselben Traum träumten. Wir schwebten im Himmel unserer Verzauberung, und die Realität lag klein wie eine Spielzeugwelt unter uns.

Gegen vier Uhr war ich wieder im Hotelzimmer, ließ mich aufs Bett fallen und genoß die Ruhe nach dem Sturm der Eindrücke in der Innenstadt. Ich hätte nie gedacht, daß ich in einem Hotelzimmer glücklich sein könnte. Zimmer 9 im *Hotel Hermes* hatte mich eines Besseren belehrt.

Bald würde ich Leila umarmen, als hätte ich mich ein Leben lang nach ihr gesehnt. Und hatte ich es nicht? Wenn wir uns küßten, fühlte ich mich so beflügelt, als sei ich nie abgestürzt, als hätte ich nie einen Traum verloren, nie geweint. Seit sie mir ihre Liebe gab, war in mir ein wundersamer Frieden. Ich fühlte mich ausgesöhnt mit den Ungeheuerlichkeiten des Menschenlebens, seinen Wirren und Tücken, seiner bitteren Vergänglichkeit – als hätte ich doch noch bekommen, was ich so sehr brauchte. *Ich war ein anderer geworden.* Mein Bewußtsein war warm und klar wie ein schöner Sommertag. Ich spürte Leilas Küsse und Umarmungen noch immer auf und unter meiner Haut.

Dieses Gefühl des Befreitseins! Auf einmal war geschehen, was ich längst abgetan hatte als vermessenen Wunsch, als unerfüllbare Sehnsucht eines zu anspruchsvollen Herzens. Plötzlich war der Traum Wirklichkeit, der Traum eines hohen, magischen Lebensgefühls, einer inneren Leichtigkeit, die das seelische Schweben ermöglicht, den Segelflug über den Wald, den man gewöhnlich vor lauter Bäumen nicht sieht. Rilke mußte ähnliches erlebt haben, als er schrieb: »Weißt Du: Was das Leben wirklich ist, mißt nicht nach Jahren. Du kannst es erfahren in einer Nacht.« Ich erfuhr es an einem Tag. Das Leben ist ein Wunder, wenn wirkliche Liebe es verzaubert.

Die ferne Kirchturmglocke schlug fünf. Mein Herz pochte immer schneller.

Nach wenigen Minuten hörte ich Schritte auf dem Gang. Ich sprang auf und öffnete die Tür.

Da stand sie und strahlte mich an. Fast wurde mir schwindelig vor Glückseligkeit. Ich zog sie an mich, fühlte ihre zärtlichen Hände in meinen Haaren, ihre magischen Lippen auf meinen. Ihre schöne, intensive Ausstrahlung durchströmte mich bis in die Fingerspitzen.

Ich führte sie sanft ins Zimmer, schloß die Tür. Wir schwankten Arm in Arm zum Bett, ließen uns fallen und versanken weich und tief ineinander, wie am Tag zuvor. Der Zauber überwältigte uns aufs neue, tauchte alles in Vergessen – und uns in einen See der Freude.

Abends trieb uns der Hunger in ein kleines italienisches Restaurant. Als wir unsere Bestellung aufgegeben hatten, sprachen wir zum ersten Mal über Wasserstein. Ich konnte mich nicht bremsen, Leila zu fragen, wie lange sie schon in seinem Haus wohnte und in welchem Verhältnis sie zu ihm stand.

»Anderthalb Jahre«, sagte sie. »Ich bewohne das Dachgeschoß, zwei hübsche Zimmer, Küche und Bad. Mietfrei. Nicolas hat mir zusätzlich einen ungenutzten Speicherraum als Atelier einrichten und große Dachfenster einbauen lassen, damit genug Licht einfällt. Ich habe dort schon über fünfzig Ölbilder gemalt. Nicolas unterstützt mich in jeder Hinsicht. Ohne seine Großzügigkeit müßte ich mir einen Job suchen – und dann käme ich nicht mehr zum Malen. Oder ich müßte meine Bilder verkaufen – was mir sehr schwerfallen würde, weil ich an ihnen hänge. Es macht ihm Freude, mich zu fördern. Er ist von meinem Talent überzeugt, im Gegensatz zu mir. Eigentlich bin ich immer etwas enttäuscht, wenn ein Bild fertig ist, weil ich mehr erhofft hatte. Nicolas ist von jedem Bild begeistert. Er macht mir Mut, lobt mich, schenkt mir Leinwände und Farben, und er stört mich nie, wenn ich male.«

»Er verwöhnt dich«, stellte ich fest.

»Wer läßt sich nicht gern verwöhnen?« antwortete sie.

»Tja«, sagte ich und fragte mich, was wirklich hinter Leilas und Wassersteins Beziehung steckte. Sie ließ sich von ihm verwöhnen, sie wohnte in seinem schönen Haus, sie genoß die Annehmlichkeiten seiner Liebe. Aber liebte sie ihn?

»Wie würde Nicolas reagieren, wenn er von uns wüßte?«

»Nicht gut«, sagte Leila. »Ich habe mich entschlossen, ihm unsere Liebe erst einmal zu verheimlichen, um sie vor seiner Eifersucht zu schützen.«

»Ist er sehr eifersüchtig?«

»O ja.« Leila nickte. »Das ist er, auch wenn er sich Mühe gibt, es nicht zu zeigen.«

Ich fragte mich, ob es richtig war, Wasserstein unsere Liebe zu verheimlichen. Ich war noch nie in einer derartigen Situation gewesen – und ich kannte Wasserstein nicht, konnte ihn nicht einschätzen. Deshalb fragte ich Leila: »Was für ein Mensch ist Nicolas Wasserstein?«

»Ein guter Jongleur seiner Widersprüche«, charakterisierte sie ihn.

»Und was steht hinter seinen Widersprüchen?« fragte ich.

Leila schüttelte sanft den Kopf. »Ich weiß es nicht. Er hat viele Gesichter, viele Tendenzen in seiner Persönlichkeit. Dir und Vincent hat er seine glänzende Fassade gezeigt, aber unter seiner perfekten Hülle steckt eine dunkle, geheimnisvolle Kraft, die mir manchmal unheimlich ist.«

Mich überkam ein eigenartiges Gefühl. Ich fragte mich, ob ich Wasserstein wirklich durch Leilas Augen sehen wollte. Schließlich hatte ich jetzt nur noch Augen für sie. Seltsam – noch vor zwei Tagen hätte ich am liebsten alles über Nicolas Wasserstein gewußt. Und nun fragte ich mich, ob ich überhaupt noch etwas über ihn wissen wollte.

Dann kam mir der Gedanke, daß eine gute Kenntnis des Rivalen die Chance erhöht, gegen ihn zu bestehen. Doch etwas in mir sträubte sich, Nicolas Wasserstein, dem ich so viel zu verdanken hatte, als meinen Rivalen zu betrachten, als einen Mann, den es zu besiegen galt. Ich war ihm etwas schuldig. Und nun schädigte ich ihn, anstatt ihn zu belohnen, schuf eine Mauer zwischen Leila und ihm, eine Mauer des Verschweigens, der passiven Lüge. Es muß Unglück bringen, wenn man Undankbarkeit derart auf die Spitze treibt, dachte ich – verbannte den Gedanken jedoch sofort in den Bereich des Aberglaubens. Ich wollte mich nicht länger mit der Schuldfrage, mit der Frage nach meiner Verantwortung belasten.

»Also ist Nicolas ein mysteriöser Mann mit vielen Gesichtern«, hielt ich fest. »Ein unberechenbarer Mann?«

Leila nickte. »Ja, aber er hat auch ein paar Konstanten in seinem Wesen. Zum Beispiel seine Freude am Schenken. Ich kenne keinen großzügigeren Menschen als ihn. Neulich gingen wir durch die Innenstadt, und er legte zwei Straßenmusikanten einen Hunderter in den Geigenkasten. Er macht so etwas öfter, wenn ihm die Musik gefällt.«

»Ist er Straßenmusikern gegenüber auch so spendabel, wenn du nicht seine Zeugin bist?«

Leila lachte. »Ich will es doch hoffen. Du denkst jetzt vielleicht, ein Hunderter ist für Nicolas so viel wie für einen anderen fünf Mark. Aber wer gibt Straßenmusikern schon fünf Mark? Er schenkt gern ... Vor einem Monat hat er mir sein Testament gezeigt. Er war nie verheiratet, hat keine Kinder. Er hat mich im Falle seines Todes – wie sich das anhört, aber so stand es da – zur Alleinerbin seines gesamten Vermögens gemacht. Ich war sprachlos.«

»Nicolas gilt als Multimillionär. Du wirst einmal eine reiche Frau sein – falls er dich nicht überlebt.«

»Ich konnte es nicht so komisch sehen. Ich hatte eher ein unangenehmes Gefühl, als er mir dieses Testament präsentierte – wie einen Beweis seiner Liebe. Man kann es aber auch als einen Versuch sehen, mich zu bestechen, mich bis zu seinem Tod an sich zu binden, meine Freiheit zu sabotieren mit der Aussicht auf sein Vermögen. Als einen Versuch, sich von mir Wohlverhalten auf Lebenszeit zu erkaufen – denn ein Testament kann jederzeit geändert werden. Meine Gedanken standen mir in dieser Situation wohl auf der Stirn geschrieben, und Nicolas hat sie gelesen. Er senkte enttäuscht den Kopf und erstarrte. Ich ging wortlos aus dem Zimmer. Vielleicht habe ich Nicolas Unrecht getan. Er wollte mir womöglich nur die Angst vor einer materiell unsicheren Zukunft nehmen. Wie auch immer, ich konnte mich nicht gegen mein Unbehagen wehren. Die Frage ist, ob Nicolas enttäuscht war, weil er sich von mir durchschaut oder mißverstanden fühlte. Es wäre besser gewesen, er hätte mir dieses Testament verschwiegen. Seit diesem Abend steht eine unsichtbare Wand zwischen uns. Nicht die erste.«

Der Kellner brachte uns die Getränke.

Als er gegangen war, sagte Leila: »Du hast mich gefragt, was Nicolas für ein Mensch ist. Ich habe viele Puzzle-Stücke seiner Persönlichkeit gesammelt, aber ich kann daraus kein Bild zusammensetzen.«

»Er wirkte auf mich wie jemand, der ein starkes Temperament gut zu steuern gelernt hat. Souverän, gelassen, ausgeglichen.«

»Ja, so gibt er sich, weil er gern so wäre. Im Grunde ist er alles andere als ausgeglichen, er pendelt zwischen Übermut und Depression. Eigentlich ist er ein weicher, sehr verletzlicher Mann. Er leidet unter seiner Verletzlichkeit und kämpft mit Härte gegen sie an, anstatt sie zu akzeptieren. Das macht ihn unberechenbar, weil man nie weiß, wie der Kampf ausgeht. Es ist schwierig, ihm ganz zu vertrauen. Ich fühle, da ist etwas in ihm, vor dem ich mich schützen muß. Und ich habe meine Schutzwände aufgebaut. Dennoch – er ist ein sehr wertvoller Mensch.«

Der Kellner brachte uns das Essen und musterte dabei Leilas Gesicht mit so aufdringlichem Interesse, daß ich mir vornahm, ihm kein Trinkgeld zu geben.

Während des Essens sagte Leila: »Weißt du, daß du es mir zu verdanken hast, daß Nicolas dich am Freitag in sein Haus gelassen hat? Ich habe dich und Vincent durch den Haustürspion betrachtet, und du warst mir auf Anhieb sehr sympathisch. Vincent auch, aber nicht so wie du. Ich nahm den Gesprächsgutschein aus dem Briefkasten und brachte ihn Nicolas. Er las ihn und erinnerte sich an sein Versprechen. Und was er verspricht, hält er. ›Dein Fan hat einen Freund mitgebracht‹, sagte ich ihm. Er verzog den Mund. ›Das war nicht abgemacht. Was soll ich tun? Hast du dir seinen Freund angesehen?‹ fragte er. Ich sagte: ›Ich weiß nicht, wer welcher ist, aber sie sehen beide so aus, daß du sie reinlassen kannst.‹ Nicolas hat meinem Urteil vertraut.«

Nach dem Essen verließen wir bald das Restaurant. Draußen war es angenehm kühl, ein leichter Wind wehte. Wir gingen schweigend Hand in Hand zum Hotel zurück. Es war ein Schweigen, mit dem wir eine gemeinsame starke Aura schufen, in der Freude strömte, Harmonie, pures Gefühl.

Als wir das Hotel erreichten, hörten wir das entfernte Schlagen der Kirchturmuhr. Ich zählte die Schläge mit und spürte, daß Leila es auch tat. Elfmal.

»Mußt du bald wieder gehen?« fragte ich sie, obwohl ich gerade das nicht hatte fragen wollen.

Sie entzog mir sanft ihre Hand, antwortete nicht und schwieg mit ernstem Gesicht, bis wir nebeneinander auf dem Bett im Hotelzimmmer saßen. Ihre Reaktion beunruhigte mich. Ich bekam das ungute Gefühl, daß sie nach den richtigen Worten suchte, um mir etwas beizubringen, das ich nicht gerne hören würde. Meine Ahnung sollte mich nicht täuschen.

Sie atmete tief ein und aus, rieb sich die Augen und stöhnte. »Gabriel – ich muß dir etwas Schwieriges sagen. Ich kann nur noch eine Stunde bei dir bleiben. Dann werden wir uns ein paar Wochen nicht sehen können. Ich habe morgen und übermorgen keine freie Stunde mehr. Reisevorbereitungen. Ich fliege Donnerstag nach Amerika, für einen Monat. Mit Nicolas.«

Mein Herz stockte, um dann stolpernd sein Gleichgewicht wiederzufinden. In diesen Schrecksekunden fühlte ich mit seltsamer Klarheit, daß etwas geschah, das nicht geschehen durfte, und daß ich nichts daran ändern konnte. Die intuitive Einsicht meiner Hilflosigkeit ließ mich erstarren. Es war mir, als würde alles Leben aus meinem Körper weichen. Ich spürte, wie meine Muskeln sich verhärteten. Impulsiv zog Leila mich an sich, hauchte mir neues Leben mit ihren Berührungen und Küssen ein und bewahrte mich vor dem seelischen Absturz mit der Zauberkraft ihrer Umarmungen.

Irgendwann spürte ich, daß Leila sich in wenigen Minuten aus meinen Armen lösen, aufstehen und gehen würde, und ich klammerte mich an ihre schon schwindende Nähe wie ein Ertrinkender an einen Strohhalm.

»Warum kannst du nicht hierbleiben?« fragte ich sie.

»Ich werde dich aus Amerika anrufen«, versprach sie mir, nachdem sie mir überzeugend erklärt hatte, warum sie nicht umhin konnte, mit Wasserstein zu verreisen.

»Ich habe keinen Telefonanschluß«, sagte ich betrübt.

»O nein – dann werde ich dir schreiben! Gabriel, sei nicht so traurig, vier Wochen sind keine Ewigkeit. Bitte sieh mich nicht so an! Ich kann nicht mehr zurück. Du weißt, ich kann es nicht.« Sie seufzte.

Dann küßten wir uns ein letztes Mal. Und sie ließ mich allein.

5

Ich fühle eine Kraft in mir, wie nur wirkliche Liebe sie erzeugen kann. Sie hilft mir, das quälend langsame Verstreichen der Zeit zu ertragen. Leila hatte unrecht: Vier Wochen *sind* eine Ewigkeit, wenn man so liebt, wie ich sie liebe. Und erst drei sind vergangen.

Ich hätte sie nicht fliegen lassen dürfen, denke ich manchmal. Doch meine Achtung vor ihrer Entscheidung überwog meinen Wunsch, Leila zum Hierbleiben zu bewegen. Sie konnte Wasserstein die Mitreise nicht im letzten Moment aus heiterem Himmel verweigern, dazu war es zu spät. Seit Monaten hatte sie sich auf den Amerika-Trip gefreut und Wasserstein ihre Vorfreude oft genug gezeigt. Es war ihr Traum gewesen, einmal in einem Cabriolet den *Highway Number One* entlangzufahren. Wasserstein hatte versprochen, ihn zu erfüllen. Sie hatten Pläne gemacht, Besuche angekündigt, Verabredungen getroffen, Routen festgelegt. Leilas plötzlicher Verzicht auf die Reise hätte ihn vor den Kopf gestoßen und argwöhnisch gemacht. Sie hätte ihm die Wahrheit sagen müssen. Und die wollte sie ihm – noch – nicht sagen. Sie wollte unsere so wunderschön aufkeimende, zarte Liebe vor Zerstörung schützen. Dafür mußten wir die einmonatige Trennung ertragen.

Ich hatte nur stumm genickt.

Ich habe schon immer das Warten gehaßt. Wer liebt, muß Dinge tun, die er haßt.

Ich wollte nicht dahin kommen, daß ich stundenlang auf dem Bett liege, Trübsal blase und Löcher in die Luft starre. Also habe ich mich gleich am ersten Tag nach Leilas Abflug ins Erinnern geflüchtet – entschlossen, alles aufzuschreiben, was seit Vincents Erscheinen geschehen war und geschah. Nicht zuletzt, weil ich manchmal nicht wußte, wie mir geschah. Aber vor allem, um ein probates Mittel gegen das lähmende Gift des Wartens in der Hand zu haben. Denn wenn ich so schreibe, daß ich im Schreiben buchstäblich versinke, vergesse ich, daß ich eigentlich nur auf Leila warte, und daß dieses Warten schmerzlich ist, zumal es mit Ungewißheit verbunden ist. Alles fließt. Leila wird nach der Reise nicht mehr dieselbe sein, die sie bei unserem Abschied war. Mit der sorgfältigen Aneinanderreihung von Wörtern lenke ich mich davon ab, daß ich meine Freiheit verloren habe, daß ich gefangen bin in einem Wartezimmer des Herzens, einem Raum ohne Gegenwart mit einem Fenster nach hinten, zur Vergangenheit hinaus, und einem nach vorn, in die Zukunft, durch das ich im dichten Nebel der Ungewißheit nur das vage Leuchten meiner Hoffnung sehe – der Hoffnung, daß unsere Liebe die Trennung unbeschadet übersteht.

Seit drei Wochen schreibe ich täglich, schreibe gegen das Warten an, manchmal von morgens bis abends. Mein Roman, an dem ich so lange gearbeitet habe, ist mir gleichgültig geworden. Ich habe ihn in die unterste

Schublade des Schreibtisches gelegt. Ich esse wenig, gehe kaum vor die Tür. Abends bin ich meistens so erschöpft, daß ich schnell einschlafe. Doch dann wache ich mitten in der Nacht mit schnellem Herzklopfen auf und finde so leicht keinen Schlaf mehr.

Ich wünsche mir jeden Abend vor dem Einschlafen, von Leila zu träumen, aber nicht immer geht mein Wunsch in Erfüllung.

Leila hat mir gesagt, daß sie manchmal im Traum spricht. Vielleicht liegt Wasserstein gerade schlaflos neben ihr in einem kalifornischen Hotelzimmer, und sie sagt zärtlich meinen Namen. Sprechenden Träumern geht es wie Verhafteten – alles, was sie sagen, kann gegen sie verwendet werden.

Ich frage mich, wie lange es Leila (wenn überhaupt) gelingen kann, einen Mann wie Nicolas Wasserstein in Ahnungslosigkeit zu wiegen. Er muß doch Veränderungen an ihr bemerken, er muß doch mich in ihr spüren. Oder hat ihn seine Liebe zu ihr blind gemacht?

Im Wartezimmer des Zahnarztes in der Kreisstadt blättere ich in einer Illustrierten, in der ich ein Interview mit einer bekannten Schauspielerin finde. Auf die Frage, ob sie eifersüchtig sei, antwortet sie, *Eifersucht tue sehr weh und zerstöre einen Menschen*, sie sei ein unmögliches, ein böses Gefühl. Man müsse sich klarmachen, warum und worauf man eifersüchtig sei. Dann käme man darauf, daß man dem anderen etwas nicht gönnt. Und das nenne man dann Liebe.

Ist Eifersucht denn nur der Neid auf das Glück des

anderen? Ist sie nicht auch die Angst vor dem Vergleich mit dem Rivalen, die Angst, den geliebten Menschen als Folge dieses Vergleichs zu verlieren? Ist sie nicht auch gekränkte Eitelkeit, verletzter Stolz, schmerzhaft bestätigtes Minderwertigkeitsgefühl? Eifersüchtig sein heißt, schreibt Balzac, nicht an seiner Frau, sondern an sich selbst zu zweifeln.

Ich frage mich, warum ich nicht eifersüchtig auf Wasserstein bin. Schließlich reist er mit der Frau, die ich wahnsinnig liebe, durch die USA. Vielleicht schläft er mit ihr. Und ich sitze an meinem Schreibtisch und schreibe über sie. Warum empfinde ich keinen Neid und keine Eifersucht? Nur Freude, nur eine täglich wachsende Vorfreude auf das Wiedersehen mit Leila. Vielleicht ist diese Freude so stark, daß sie alle negativen Gefühle ausschließt.

Heute morgen ist endlich ein Brief von Leila in meiner Post, abgestempelt in San Francisco. Das Wichtigste schreibt sie zuerst: »Ich liebe Dich wahnsinnig! Ich sehne mich nach Dir!«

Ich springe und tanze auf der Veranda, schreie, juble meine Freude in den Wind. Sie liebt mich. Sie sehnt sich nach mir! Wer hat behauptet, daß Worte nicht glücklich machen können?

»Du sollst wissen, daß ich oft an Dich denke und Dich tief in mir fühle, was mich immer aufs neue beglückt. In der Entfernung zu Dir erkenne ich, welche Nähe ich zu Dir empfinde. In ruhigen Momenten schließe ich manchmal die Augen und schicke Dir zärtliche Gefühle über den Atlantik. Der Trubel der Reise gibt mir dazu leider nicht oft Gelegenheit. Vielleicht kann ich diese Reise, auf die ich mich so lange gefreut habe, nicht richtig auskosten, weil ein Teil von mir bei Dir geblieben ist. Nicolas hat mich heute schon zweimal gefragt, ob mir etwas fehlt. Du fehlst mir, Gabriel. Was ich in Deiner Nähe fühle, fehlt mir. Was ich in Deinen Augen sehe, was ich in Deinen Armen spüre ... Letzte Nacht habe ich von Dir geträumt. Es war ein wundervoller Traum, zu phantastisch, um ihn beschreiben zu können. Wir sind zusammen geschwebt, geflogen, in einem Himmel voller sich wandelnder, prächtiger Farben, in tiefer Umarmung – und mit welch einer Freude! Es war reine Schönheit. Ich habe noch nie einen solchen Traum gehabt. Ich hoffe, Du träumst auch Schönes von mir. Und ich hoffe, Du wartest auf mich und hast mir verziehen, daß ich nach Amerika geflogen bin. Mein Gefühl für Dich ist sehr stark. Du hast etwas in mir zum Leben erweckt, etwas sehr Kostbares. Ich freue mich wahnsinnig auf unser Wiedersehen. Sobald ich wieder in Deutschland bin, schreibe ich Dir. Ich liebe Dich – Leila.«

Ich lese den Brief ein zweites und ein drittes Mal, meine Seele trinkt Leilas Worte wie eine Verdurstende. Meine Zweifel, meine Ängste sind vergessen. Ich fühle mich glücklich, erhaben, sorglos und voller Optimismus.

Seit ich in meinem kleinen Haus am Fluß wohne (ich nenne es immer *mein* Haus, obwohl es Frau Sommer gehört), fühle ich mich zu Hause wie nie zuvor in meinem Leben. Es ist, als sei dieses Haus für mich gebaut worden.

Jeden letzten Montagnachmittag im Monat bringe ich Frau Sommer die Hausmiete in einem Briefumschlag. Dann zelebrieren wir unser Ritual: Ich werde freundlich hereingebeten und zu selbstgebackenem Apfelkuchen und schwarzem Tee eingeladen. Wir lassen es uns schmecken und reden über Gott und die Welt.

Ich schätze unsere allmonatlichen Gespräche. Frau Sommer (sie ist Mitte Fünfzig – ihr Mann starb vor Jahren bei einem Autounfall) ist eine freundliche, sensible und kluge Frau, und die Gespräche mit ihr sind nie langweilig. Sie liest viel und leidenschaftlich gern, und so reden wir meistens über Bücher.

»Gäbe es die Liebe und die Literatur nicht, wäre die Welt die Hölle«, sagte sie bei meinem letzten Besuch. »Ich bin glücklich und dankbar, daß ich die Liebe erlebt habe. Jetzt, wo ich allein bin und meine Liebe zu Erinnerung geworden ist, bleibt mir nur noch die Literatur, die Welt der guten Bücher. Sie sind Trostpflaster auf den Wunden verlorener Liebe, verlorenen Lebens.«

Heute überrascht Frau Sommer mich mit ihrem Scharfblick. Ich bin kaum eine Viertelstunde bei ihr, als sie mir auf den Kopf zu sagt: »Sie sind verliebt! Und wie!« Um meine Sprachlosigkeit komplett zu machen, fügt sie hinzu: »Starren Sie mich nicht so an! Ich sehe das Licht der Liebe in Ihren Augen. Und – wie heißt sie?«

»Leila«, antworte ich, immer noch perplex.

Frau Sommer lächelt. »Leila? Ein wunderschöner Name.«

Als ich nach zwei Stunden aufstehe, um zu gehen, zieht sie ein Buch aus ihrer Bücherwand hervor und blättert aufmerksam darin. Schließlich findet sie die gesuchte Passage und liest: »Alles, was geschieht und uns zustößt, hat seinen Sinn; doch es ist oft schwierig, ihn zu erkennen. Auch im Buch des Lebens hat jedes Blatt zwei Seiten. Die eine, obere, schreiben wir Menschen mit unserem Planen, Wünschen und Hoffen, aber die andere füllt die Vorsehung, und was sie anordnet, ist selten unser Ziel gewesen.«

Sie klappt das Buch zu, kommt auf mich zu und drückt es mir in die Hand. Ich betrachte den mit einer orientalischen Miniatur geschmückten Schutzumschlag – und muß lächeln, als ich den Titel lese: *Leila und Madschnun*.

»Bringen Sie es mir bei Gelegenheit wieder«, sagt Frau Sommer beim Abschied, »es ist eins meiner Lieblingsbücher. Mein Mann und ich haben uns oft gegenseitig daraus vorgelesen.«

Zu Hause setze ich mich gleich in den Sessel, schlage das Buch auf und werde fast erschlagen von der allzu blumigen Sprache eines orientalischen Erzählers des zwölften Jahrhunderts, die manchmal poetisch, manchmal aber auch kitschig und schwülstig auf mich wirkt. Die Metaphorik ist nicht selten von einer so banalen Süße, daß ich in den Schwaden dieser Räucherstäbchenprosa geistige Atembeklemmungen bekomme. Also beschließe ich, das Buch in mittlerer Höhe zu überfliegen, um wenigstens einen groben Überblick über die Handlung zu gewinnen. Schließlich will ich Frau Sommer ein Buch, das ihr viel bedeutet, nicht völlig ungelesen zurückgeben.

Ich bereue diesen Entschluß nicht, denn beim schnellen Blättern stoße ich auf faszinierende Worte, in denen sich Madschnuns außergewöhnliche Liebe zu Leila offenbart: »Ich habe mich selber verloren deinetwegen. Aber den Weg, den ich gehe, kann nur gehen, wer sich selber vergißt. Der Gläubige der Liebe muß seine Religion mit Herzblut bezahlen ... Was liegt schon daran, daß es für meine Wunde keine Salbe gibt? Solange du nur heil bist, ist alles Leid ein Nichts.«

Ich finde eine zweite Stelle, die mich ebensosehr berührt: »Die Liebe ist die Essenz meines Seins. Die Liebe ist das Feuer, und ich bin wie das Holz, das die Flamme verzehrt. Die Liebe ist eingezogen und hat das Haus geschmückt, und das Ich hat sein Bündel geschnürt und ist ausgezogen.«

Nun lese ich *Leila und Madschnun* Wort für Wort von Anfang an, überwinde meinen Widerstand gegen die antike Süßlichkeit der Sprache – und gerate in eine rührende, sehr traurige Geschichte. Und mancher Satz funkelt wie ein Diamant. Leila und Madschnun verlieben sich schon als Kinder unsterblich ineinander und werden durch Leilas Sippe voneinander getrennt, die einen standesgemäßen Mann für Leila erwählt hat. Madschnuns unerfüllte Liebe zu Leila bringt ihn nach und nach um den Verstand. Er entfernt sich von den

Menschen, zieht in die Wüste und lernt, mit den Tieren zu reden. Und er schreibt Gedichte an Leila, die er dem Wind überläßt, in der Hoffnung, daß dieser sie zu Leila trägt. Gedichte, so innig und wunderschön, daß alle Menschen zu Tränen gerührt sind, die sie lesen. Madschnun sieht Leila nie wieder. Sie stirbt, und er stirbt an ihrem Grab, in der Hoffnung auf eine Wiedervereinigung im Jenseits.

Liebe ist Qual, Lieblosigkeit ist Tod. Wenn Marie von Ebner-Eschenbach recht hat, ist der Mensch ein tragisches Wesen – er hat die Wahl zwischen zwei Wegen, die beide ins Unheil führen. Aber vielleicht täuscht sie sich, und es gibt einen dritten Weg: eine Liebe, die sich über die Qual erhebt – mit den Flügeln ihrer Magie.

Fast jede Nacht träume ich von Leila. Manchmal erinnere ich mich an alle Details eines Traums; manchmal nur daran, daß ich von ihr geträumt habe. Manchmal sieht Leila so aus und spricht so wie in Wirklichkeit, manchmal ist sie eine andere Frau mit einem anderen Gesicht und einer anderen Stimme, die aber trotzdem Leila ist.

Seit ich Leila liebe, träume ich so viel und intensiv wie nie zuvor in meinem Leben. Meine Liebe hat mich zu einem Träumer gemacht. Es sind meistens sehr schöne Träume, in denen ich Fähigkeiten habe und anwende, die meine realen Möglichkeiten bei weitem übersteigen. Ich kann fliegen, schweben, durch Wände gehen, Gedanken lesen. Es ist, als würde ich hoch über mich selbst hinauswachsen, wie auch die Traumwirklichkeit hoch über die Grenzen der realen Welt hinauswächst. Ich besuche Orte, die nicht von dieser Welt sind, Orte der Harmonie, Orte des Friedens, der puren Schönheit. Und immer wieder begegne ich Leila, in verschiedenen Körpern. Mein Leben findet mehr und mehr nachts in meinen Träumen statt, während meine Tage ungelebt im Schreiben und Warten auf das Wiedersehen mit Leila vergehen. In meinen Träumen begegne ich Leila fast jede Nacht; nur so kann ich wohl das Warten ertragen.

Es ist nicht leicht für einen anderen Menschen, in mein Leben zu finden. Vor meiner Seele befinden sich sieben Türen, die sich mit wachsendem Vertrauen eine nach der anderen öffnen. Leila ging durch sie alle hindurch, mit einem einzigen Schritt, wie eine Zauberin. Wie niemand vor ihr.

Ein wunderbarer Traum: Ich liege mit Leila auf einer grünen, blumenübersäten Wiese im Sonnenschein. Leila ist so schön, daß ich grenzenlose Bewunderung und Zärtlichkeit für sie empfinde. Ich nehme ihre Hand und bedecke sie mit Küssen. Sie beginnt, mich zu streicheln, zu liebkosen und an sich zu ziehen. Ihre überwältigende Zärtlichkeit, ihr engelhaftes Wesen strömen in mein weit offenes Herz. Unsere Umarmung wird immer wunderbarer, immer tiefer – doch an ihr ist nichts Sexuelles, es ist *reine Zärtlichkeit*, die sich ins Grenzenlose steigert.

Ich erwache beseelt und voller Sehnsucht nach Leila. Ihre unschuldige, absichtslose, sich zauberhaft verströmende Zärtlichkeit ist vielleicht von allem, was sie mir gegeben hat, das Wichtigste, Schönste, Beglückendste.

Ich schlafe wieder ein, in der Hoffnung, Leila in meinem nächsten Traum wiederzufinden, und es gelingt mir. Wieder umarmt sie mich und schenkt mir ihre unerschöpfliche Zärtlichkeit, als wolle sie mich für das Leid meiner Entbehrungen entschädigen, für die endlosen Tage und Nächte ohne sie. Sie sieht mir tief in die Augen und flüstert: »Alles wird gut, Gabriel, alles wird gut.«

Ich habe während meines fünfjährigen Studiums fünf Geliebte gehabt, eine in jedem Jahr. Das hat sich so ergeben. Die Erfahrungen mit ihnen möchte ich nicht missen. Ich denke gern an manche Momente und Erlebnisse zurück, doch am Ende scheiterte jede meiner Liebschaften an meiner Enttäuschung über das, was ich sah, als die rosarote Brille der Verliebtheit zu Boden fiel und zersprang.

Die Trennungen fielen mir trotzdem immer schwer. Obwohl die Seele nicht von Erinnerungen leben kann, hing ich an ihnen wie ein Kind an seinem alten, einäugigen Teddybären.

Nach der fünften Trennung kam ich zu der Erkenntnis, daß es für mich besser sein würde, mich in Zukunft nicht mehr zu verlieben, weil es nur wieder ein schöner Traum mit einem bösen Erwachen werden würde. Bestärkt wurde ich von der Überzeugung, daß ich die Frau, die ich suchte, ohnehin nie finden würde. Und wenn ich sie wider Erwarten doch finden sollte, würde sie bestimmt die Frau oder Geliebte eines anderen Mannes sein.

Im ersten Punkt irrte ich mich, im zweiten behielt ich recht. Leila ist die Frau, die ich nicht mehr zu finden gehofft hatte. Ich liebe sie. Erst durch sie weiß ich, wie sehr ich lieben kann. Und sie liebt mich. Aber sie ist die Geliebte eines anderen. Eines Schriftstellers, dem ich viel verdanke. Nun verdanke ich ihm auch Leila, mit der ich ihn betrüge, wie viele sagen würden. Er muß Leila mit mir teilen, und er weiß es nicht. So hat er seine Illusion, Leila und ich unsere Liebe. Wenn wir seine Illusion zerstören, könnte er vielleicht alles daran setzen, unsere Liebe zu zerstören. Deshalb müssen wir sie ihm verheimlichen. Deshalb muß Leila ihm gegenüber so tun, als wäre nichts geschehen. Deshalb mußte sie mit ihm nach Amerika fliegen.

Ist es nicht ungeheuerlich? Das Schicksal macht ausgerechnet mich, Wassersteins dankbaren Verehrer, zum Instrument seiner Entwürdigung. Es macht mich zu dem Mann, der ihm Hörner aufsetzt. Ich habe mich immer für einen Menschen mit einem empfindlichen Gewissen gehalten. Doch mein schlechtes Gewissen gegenüber Wasserstein ist nur ein Kork auf dem Ozean meiner Liebe zu Leila.

Als ich von einem Spaziergang am Fluß entlang nach Hause kam, erlebte ich eine Überraschung. Ich habe schon öfter Gedichte geschrieben, sie aber alle spätestens einen Tag darauf in den Papierkorb geworfen. Lyrik, erkannte ich schließlich ohne allzu große Traurigkeit, ist eine Gattung, die mir nicht liegt. Ich konnte die Worte nicht unmittelbar aus dem Herzen aufs Papier bringen, ohne daß der Verstand mir besserwisserisch oder ironisch hineinredete und mich irritierte, als gefiele es ihm nicht, daß ich ohne ihn Bedeutung zu schaffen versuchte. Und was dabei herauskam, war nicht Fisch und nicht Fleisch.

Heute war es zum ersten Mal anders. Ich saß auf dem Sessel und sah aus dem Fenster hinaus auf die Bäume am Flußufer. Dann fiel mein Blick auf Leilas Brief aus Amerika, und intuitiv berührte ich ihn ganz zart mit den Fingerspitzen. Auf einmal hatte ich das starke, deutliche Empfinden, Leila sei in meiner Nähe. Mein Herzschlag beschleunigte sich. Ich bekam ein Gefühl intensiver Freude, als stände Leila vor der Tür und ich bräuchte nur aufzustehen und ein paar Schritte zu gehen, um sie umarmen zu können. Vielleicht dachte sie gerade in diesem Augenblick irgendwo in Amerika ganz intensiv an mich, und ich empfing die Wellen ihres Gefühls. Liebe kennt keine Entfernung.

Ich weiß nicht, wie lange mich dieses magische Gefühl bannte, vielleicht eine Minute, vielleicht zehn. Es erfüllte und beseligte mich. Als es wunderbar sanft verklungen war, ging ich zum Schreibtisch und schrieb, ohne zu überlegen, mein erstes Gedicht für Leila.

Worte resignieren bewundernd
vor deiner Schönheit,
kaum daß ich sie wähle.
Aber ich habe jetzt nur sie,

um dir zu zeigen,
wie sehr du mich verzauberst
selbst aus weiter Entfernung
bis in die Fingerspitzen dieses Augenblicks.
Die Wochen ohne dich
erklären mir den Begriff Ewigkeit.
Ein Brief von dir liegt auf dem Tisch.
Berühre ich ihn, berühre ich dich.
Ein Ozean liegt zwischen uns,
doch ich atme deine Nähe,
fühle dich unter meiner Haut,
als würden wir uns vereinen
und befreien von uns selbst
im tiefsten Sinn der Liebe.

Madschnun verlor durch die abrupte Trennung von Leila sein seelisches Gleichgewicht und wurde zu einem heimatlosen Landstreicher und zu einem Dichter, der die Herzen der Menschen mit der Tiefe seiner Poesie und Liebe bewegte. Habe ich vielleicht unbewußt begonnen, mich mit ihm zu identifizieren?

Eben habe ich ein zweites Gedicht an Leila geschrieben. Wenn ich an Leila schreibe, ist mein Verstand wie gelähmt, und meine Gefühle werden zu Worten, ohne daß er sich einmischt. Meiner Liebe zu Leila ist er nicht gewachsen.

Du bist wie klares Wasser,
wie blauer Himmel,
wie feiner weißer Sand.

Wie Muscheln am Strand,
ein Schmetterling im Wind,
ein Schweigen, das alles sagt.
Du bist ein Freudenfeuer
in der Nacht der Welt,
ein Lächeln im Gesicht des Mondes,
die wahre schöne Stille
abseits vom Lärm der Schauspieler.
Du bist die Luft, die ich atme,
das Wasser, das ich trinke,
das Brot, das ich esse.
Du bist der Traum, den ich träume,
bist die Musik, der ich lausche,
die Freude, die ich fühle,
das Lächeln, das sich in mir entfaltet.
Du bist die Schönheit, die ich suchte,
der Zauber, den ich vermißte –
die Wahrheit, die mich befreit.

In drei Tagen kommt Leila zurück nach Deutschland. Wie lange wird es dann noch dauern, bis ich sie wieder umarmen kann? Wird sie noch dieselbe sein, von der ich mich verabschiedet habe? Wird sie mich noch so lieben wie am Anfang? Ein Monat auf Reisen kann vieles verändern. »Ich liebe Dich wahnsinnig!« schrieb sie mir. Auf diese Worte setze ich mein Herz.

Heute ist der 28. September, Leilas Rückflugtermin. Heute landet sie auf deutschem Boden – und ist (geographisch) wieder erreichbar. Vorgestern habe ich meine beiden Liebesgedichte an Leila geschickt. Postlagernd, wie sie es gewünscht hatte. (Ihre Telefonnummer hatte sie mir nicht geben wollen, weil es Wassersteins Geheimnummer war, die nur wenige Personen kennen. Hätte er abgehoben, was er meistens tat, hätte ich nur auflegen können. Und er wäre skeptisch geworden, hätte vielleicht sogar seine Nummer ändern lassen.)

In den letzten Tagen habe ich nicht geschrieben, ich war einfach zu erschöpft und lag fast immer nur im Bett. Es gab auch nichts mehr zu schreiben. Ich habe gegen das Warten, gegen die Zweifel, gegen die Ängste und die innere Erstarrung angeschrieben, und das hat viel Kraft gekostet. Doch das Warten ist beendet.

Jetzt beginnt das Leben wieder.

6

Frau Sommer hat einen Briefkasten für mich neben ihrem eigenen anbringen lassen, weil der altgediente Dorfpostbote sich geweigert hatte, mir meine Post zum Haus am Fluß zu bringen. Normalerweise gehe ich zweimal pro Woche ins Dorf, um Lebensmittel zu kaufen und sehe bei der Gelegenheit nach, ob Post für mich im Kasten ist. Seit Leila wieder in Deutschland ist, gehe ich täglich zu meinem Briefkasten. Vorgestern und gestern ohne Erfolg.

Heute, am Donnerstag, ist endlich ein Brief von Leila da! Ich widerstehe der Versuchung, ihn sofort zu öffnen, und stecke ihn in die Jackentasche. Auf halbem Rückweg zum Haus, an einer meiner Lieblingsstellen, direkt am Flußufer, setze ich mich ins Gras und öffne das Kuvert.

»Geliebter – Deine Gedichte sind wunderschön. Ich lese sie immer aufs neue und bin überglücklich. Die oft anstrengende Amerika-Reise hat an meinen Gefühlen zu Dir nicht gezehrt. Im Gegenteil, sie sind stärker, sich ihrer selbst noch sicherer geworden in der Sehnsucht nach Dir. Gabriel – mein Erzengel, mein Herzengel! Du wirst meinen Brief Donnerstag, spätestens Freitag bekommen. Am Samstag sei bitte ab Mittag zu Hause – denn ich werde zu Dir kommen, das Wochenende wird uns gehören! Ich kann es kaum erwarten, Dich wieder zu umarmen, zu küssen, zu fühlen. Ich liebe Dich – Leila.«

Ich lasse den Brief fallen und springe mit einem Freudenschrei in den Fluß. Ich hüpfe und plansche und tolle im Wasser herum wie ein Kind. Schließlich laufe ich klitschnaß mit übermütigen Sprüngen nach Hause und jauchze mein Glück laut in den Wind. Unterwegs umarme ich meinen Lieblingsbaum, eine mächtige Hängebirke, und bedanke mich bei ihr dafür, daß Leila kommt.

Erst als ich geduscht und mich abgetrocknet habe, fällt mir ein, daß ich Leilas Brief am Flußufer vergessen habe. Ich ziehe mich schnell an und laufe zu der Stelle zurück, wo ich ihn ins Gras fallen gelassen habe. Ich entdecke den Umschlag, doch der Brief ist nicht mehr da. Ich suche ihn verzweifelt überall im Umkreis, aber ich finde ihn nicht mehr. Der Wind wirbelt durch meine Haare. Wahrscheinlich hat ein Windstoß den Brief in den Fluß geweht. Ich bin traurig, daß ausgerechnet meine überschwengliche Freude über Leilas Brief mich dazu gebracht hat, ihn zu verlieren. Doch die Traurigkeit verfliegt bald wieder, denn das Wichtigste an dem Brief war letztlich die frohe Botschaft, daß Leila am Wochenende zu mir kommt.

Gestern habe ich den ganzen Nachmittag darauf verwendet, das Haus in einen repräsentablen Zustand zu bringen. Ich habe das Badezimmer gereinigt, die Fenster geputzt, überall Staub gesaugt und gewischt, die Terrasse gefegt, frische Bettwäsche aufgezogen, neue

Kerzen aufgestellt. Leila ist im Begriff, aus Wassersteins Palast in meine Hütte zu kommen, und dann soll es zumindest eine saubere Hütte sein.

Es ist Samstag mittag. Im Laufe des Nachmittags wird Leila ankommen. Ich werde es erst glauben, wenn ich sie sehe, wenn sie vor mir steht. Nein, wenn ich sie umarme und küsse. Vermutlich reist sie mit dem Auto, das sie im Dorf abstellen wird. Der Feldweg zu meinem Haus ist von Autos nicht befahrbar. Gut, daß ich ihr vor unserem Abschied im Hotel Hermes (vor einer Ewigkeit) beschrieben habe, wie sie den Weg zu mir findet. Gleich hinter der Bäckerei zum Fluß hinunter und dann immer geradeaus, am Ufer entlang, bis nach einer Viertelstunde ein kleines, rotes Backsteinhaus auftaucht.

Ich kann vor Aufregung nicht essen, mein Herz schlägt schnell. Ich habe immer ein Herz gehabt, das nicht so leicht aus der Ruhe zu bringen war. Seit ich Leila liebe, führt es ein eigenes Leben, fängt urplötzlich zu rennen an, als wolle es rechtzeitig ein Ziel erreichen, das ich nicht sehe. Es klopft mir den letzten Rest Ruhe aus dem Körper, und ich stehe immer wieder auf, um aus dem Ostfenster zu sehen, von dem ich den Weg ins Dorf ein paar hundert Meter weit überblicken kann. Immer wieder überlege ich, ob ich Leila entgegenkommen und im Dorf auf sie warten soll, auf der Bank vor der Bäckerei. Aber sie hat mich gebeten, ab Mittag zu Hause zu sein. Also werde ich zu Hause sein.

Ich nehme mir ein Buch aus dem Regal, einen sehr guten und spannenden Roman, den ich schon zur Hälfte gelesen habe. Ich setze mich in den Ohrensessel, lege die Beine auf den Hocker und lese. Ich versuche es zumindest. Die meiste Zeit gelingt es mir. Gelegentlich scheitere ich mitten im Satz, stehe auf, sehe auf die Uhr und gehe zum Ostfenster, als könnte ich damit Leilas Erscheinen beschleunigen.

Ich setze mich wieder und lese weiter, zwinge mich von Zeile zu Zeile, um mich vom Warten abzulenken. Und schließlich zieht mich der Roman doch noch in seinen immer stärker werdenden Sog, in die immer spannender werdende Handlung. Ich vergesse die Zeit, vergesse das Warten – und schrecke zusammen, als ich plötzlich Schritte höre, auf den Stufen, dann auf der Veranda. Langsame, leise Schritte, die vor der Tür enden.

Ich springe auf und laufe zur Tür. Ich öffne sie – und stehe vor Leila! Ein intensives, warmes Strömen geht durch meinen ganzen Körper. Das Leben kehrt in mich zurück. Unsere Blicke fließen strahlend ineinander. Wir umarmen uns, als würden wir uns nie mehr loslassen wollen.

Ich hebe Leila schließlich mitsamt ihrer Reisetasche über die Türschwelle und stelle sie sanft auf den Boden meiner bescheidenen Hütte. Sie lächelt mir ihre Liebe zu. Wir küssen uns, und wieder sehe ich Sterne, wie bei unserem ersten Kuß, am See: hundert tanzende, winzige Lichtpunkte am Firmament meiner geschlossenen Augen. Alles Warten, alles Sehnen, alles Hoffen löst sich in Liebe auf.

Leila liegt lächelnd neben mir. Meine Lippen küssen immer wieder ihre Augenlider, ihre Stirn, ihre Schultern, ihre Brüste. Ihre Hände liebkosen meinen Kopf. Unsere Liebe hat auf uns gewartet. So wie wir auf uns gewartet haben, einen Monat, vielleicht schon ein Leben lang.

Seit Stunden ist Leila bei mir, und wir haben kaum zehn Sätze gewechselt. Wir sind zu sehr gebannt von der magischen Atmosphäre unserer seelischen Verschmelzung, die wieder, wie vor einem Monat, zwischen uns entstanden ist. Leila ist die Magierin, ich bin der Verzauberte. Leila ist die Flamme, ich bin die Kerze. Ich bin der Strom, sie ist das Meer. Ich bin die Sehnsucht, sie ist die Erfüllung.

Weit nach Mitternacht schlafen wir in tiefer Umarmung ein.

Am nächsten Morgen, nach dem Frühstück, kommen die ersten Worte wie Touristen an den einsamen, paradiesischen Strand unseres Wiedersehens. Leila fragt mich, was ich in dem Monat getan habe, als sie in Amerika war.

»Ich habe auf dich gewartet. Wenn man so wartet, wie ich gewartet habe, hat man keine Gegenwart, weil man für die Zukunft lebt. Also bin ich in die Vergangenheit zurückgegangen. Ich habe aufgeschrieben, was geschehen ist, seit wir uns zum ersten Mal gesehen haben. Und wie es dazu kam. Wie Vincent auftauchte und mich unfreiwillig zu dir führte. Das Manuskript liegt in der blauen Mappe auf dem Schreibtisch.«

»Ich werde es lesen – später«, sagt Leila.

Ich möchte sie fragen, was sie in Amerika erlebt hat. Andererseits würde ich mir bei ihren Reiseerzählungen vielleicht ständig Wasserstein an ihrer Seite vorstellen, wie er ihr zulächelt, sie fotografiert, mit ihrer Schönheit renommiert. Seht her, Amis, was für ein toller Hecht ich bin, die Frau an meiner Seite beweist es. Also zögere ich, bis Leila meine Gedanken liest und mich fragt: »Möchtest du eigentlich, daß ich dir ein bißchen über Amerika erzähle?«

Jetzt sage ich ohne Zögern: »Ja.« Denn plötzlich fühle ich mich immun gegen das Gift der Eifersucht, resistent gegen das bösartigste Virus des Mißverständnisses. Leila und ich haben eine Sprache, die alle Fehler schon im Entstehen korrigiert – die Sprache der Augen, die Sprache der Seelen.

»Amerika ist für mich die nationale Verkörperung der Widersprüchlichkeit«, sagt Leila. »Slums und Glaspaläste, Freundlichkeit und Gewalt, Traum und Alptraum liegen dort nah beieinander. Ich habe sehr nette Menschen kennengelernt und eine Schießerei auf offener Straße gesehen, gleich in der ersten Woche, in New York. Dann sind wir nach San Francisco geflogen und von dort die Pazifikküste in einem Cabrio heruntergefahren. Der *Highway Number One* ist wirklich eine Traumstraße, die Landschaft ist streckenweise phantastisch dort. Gewaltig, ursprünglich, ästhetisch. Von Los Angeles sind wir nach Süd-Dakota geflogen und haben die Rosebud-Reservation der Lakota-Indianer besucht. Nicolas hat dort gute indianische Freunde. Er hat sich täglich mit ihnen getroffen, hat an ihren Zeremonien teilgenommen und ihnen wieder Geld gespendet. Von Dakota aus sind wir dann nach Florida geflogen und haben zum Abschluß noch eine Woche Badeurlaub gemacht.«

»Was war deine stärkste Erfahrung auf der Reise?« frage ich Leila.

Sie sieht mir in die Augen und sagt: »Die Sehnsucht nach dir. Du hast mir gefehlt, jeden Tag. Ich hab' mich so nach dir gesehnt. Wenn ich eine Telefonzelle sah, habe ich bedauert, daß ich dich nicht anrufen konnte. In den unmöglichsten Situationen mußte ich an dich denken.«

Eine Schönheit strahlt aus ihren Augen, die mich übermannt. Unsere Blicke strömen ineinander, vermischen sich liebevoll und schenken uns tiefe Verzauberung. Und Amerika verschwindet, alles verschwindet, wenn wir uns so in die Augen sehen.

Am Sonntag morgen eröffnet Leila mir nach dem Frühstück behutsam, daß sie am Nachmittag wieder zurückfahren müsse. Ich werde traurig, obwohl ich nichts anderes erwartet habe. Das Wochenende wird uns gehören, hat Leila geschrieben. Und das Wochenende endet am Sonntag. Sie spürt meine Traurigkeit, umarmt mich schweigend und streichelt meinen Kopf. Dann flüstert sie: »Kommst du nächstes Wochenende zu mir? Ich reserviere unser Zimmer im Hotel Hermes. Wir treffen uns dort am Samstag, um vier. Kommst du?«

Was für eine Frage! Meine Traurigkeit verfliegt im

Nu. Eine Woche Warten ist eine leichte Übung für mich, nachdem ich einen Monat, ein Leben lang auf Leila gewartet habe.

Wir verbringen glückliche, harmonische Stunden voller Zärtlichkeit und leiser Gespräche ohne überflüssige Worte. Mir wird mehr und mehr bewußt, wie einsam ich war, bevor Leila in mein Leben kam, wie gefühlsarm es war in meinem Elfenbeinturm, wo ich mich der Illusion hingegeben hatte, die Kunst könne die Liebe ersetzen, wenn ich die Kunst nur genug liebte. Jetzt weiß ich – und werde nie vergessen: Die Liebe ist das Wahre, die Kunst nur Ersatz. Die Liebe ist das, was man von morgens bis abends und in den Träumen der Nacht suchen sollte. Leider wird man sie nicht finden. Von der Liebe wird man gefunden. Und ich glaube, sie findet immer die Menschen, die sie sucht, und bringt sie zusammen, direkt oder durch einen Mittler. In Leilas und meinem Fall war dies Vincent – ein ahnungsloser Mittler, der nicht wußte, wen er zusammenführte.

Nach einem Mittagessen, bei dem ich Leila mit meinen bescheidenen Kochkünsten beglücke (immerhin ißt sie alles auf), entschließen wir uns zu einem Spaziergang den Fluß entlang. Der Himmel ist bewölkt, das Licht gedämpft und doch eigenartig hell, wie oft in dieser Gegend.

Als wir in der Nähe des Bauernhofs auf einer eingezäunten Weide einen einsamen Ochsen stehen sehen, muß ich unwillkürlich an Wasserstein denken, dem ich Hörner aufgesetzt habe. Und so frage ich Leila (ohne das Gespräch wirklich auf Wasserstein lenken zu wollen), ob er auf der Reise durch Amerika nichts gemerkt habe von ihrer Sehnsucht nach mir.

»Er hat sich einige Male darüber beklagt, daß ich abwesend wirke, aber führte es auf den Reisestreß und die vielen Begegnungen zurück, die er arrangiert hatte. Es verging kaum ein Tag, an dem er sich nicht mit irgend jemandem traf, mit Weißen, Schwarzen und mit Indianern. Seine Bücher haben ihm viele Freunde in Amerika verschafft. Er glaubte, ich fühlte mich von ihm vernachlässigt, er interpretierte meine innere Abwesenheit als Schmollen. Ich ließ ihn in seinem Glauben, auch wenn es mir manchmal schwerfiel.«

Wir gehen weiter, lassen den Ochsen hinter uns zurück, doch Wasserstein wird uns noch ein Stück begleiten.

»Fällt es dir schwer, ihm die Wahrheit vorzuenthalten?« frage ich Leila.

»Die Wahrheit gibt mir die Kraft, ihm die Wahrheit vorzuenthalten«, sagt sie. »Im Verschweigen beginnt die Lüge, und ich verabscheue Lügen. Aber ich werde schweigen, solange es nötig ist.«

»Und wie lange wird es nötig sein?« frage ich. Doch eigentlich ist mir die Frage nicht so wichtig, ich will es nehmen, wie es kommt, denn es kommt so schön, so magisch, daß ich Vertrauen gewonnen habe in die Zukunft, in Leila, in die Zukunft mit Leila. Ich will nicht weiter denken als bis zum nächsten Kuß. Und beim Abschied will ich mich freuen auf unser Wiedersehen. Daß ich nur nicht zu lange darauf warten muß, ist meine größte Sorge.

»Warten wir ab«, antwortet Leila. »Was empfindest du, wenn ich über Nicolas rede? Gleichgültigkeit, Unbehagen, Eifersucht?«

Was empfinde ich? Eine gute Frage. »Seltsamerweise keine Eifersucht«, sage ich. »Ein gewisses Unbehagen manchmal, aber dann wieder auch Interesse. Jedenfalls keine Gleichgültigkeit. Ich denke nicht so oft an ihn. Meine Liebe zu dir verdrängt ihn aus meinem Bewußtsein. Sie findet wohl, daß er stört.«

Leila lacht.

»Schreibt er eigentlich noch?«

Sie schüttelt den Kopf. »Als er von seiner Weltreise zurückkam, hat er ausprobiert, ob das Schreiben ihn noch reizt. Er hatte zu dieser Zeit eine tolle Idee für einen neuen Roman. Aber er stellte fest, daß der Schreibprozeß ihn nicht mehr so wie früher faszinierte, und brach die Arbeit am Roman nach dreißig Seiten ab. Er hat den Reiz des Schreibens ausgelebt, sagt er.«

»Und wie verbringt er seine Tage?«

»Ruhig«, sagt Leila. »Manchmal bleibt er bis mittags im Bett liegen, liest oder hört Musik. Nachmittags sitzt er gern mit einem Buch im Garten oder im Wintergarten. Abends gehen wir essen, danach sieht er meist ein bißchen fern. Zweimal in der Woche spielt er Tennis. Gelegentlich macht er Besuche oder bekommt Besuch. Manchmal fährt er für ein paar Tage zu Freunden. Er tut eigentlich nur das, was ihm Spaß macht, er lebt seine Freiheit. Trotzdem wirkt er manchmal bedrückt, als würde ihn etwas belasten. Spreche ich ihn darauf an, schiebt er es auf seinen ›immer schon labilen Hormonhaushalt‹. Ich hatte schon ein paarmal das Gefühl, er trägt ein Trauma in sich, aus der Zeit, bevor er mich kannte – einen unbewältigten seelischen Schock, den er verdrängt hat. Manchmal, wenn er sich unbeobachtet fühlt, sitzt er da und starrt dicke Löcher in die Luft, mit einem seltsam starren, völlig abwesenden Blick.«

»Liebst du ihn?« frage ich nach kurzem Zögern.

Auch Leilas Antwort kommt zögernd. »Nicht mehr so wie am Anfang. Der tägliche Umgang mit ihm ist nicht immer leicht, weil er vieles so negativ sieht. Er mag ja damit recht haben. Aber muß man es sich täglich vor Augen führen? Kann man nicht mal Urlaub von der Realität machen und die Welt vergessen? Ich kann es und brauche es auch dann und wann. Nicolas kann es nicht, er hat seine seelische Schutzmauer verloren. Er sieht jeden Tag die verhungernden Kinder und die Gleichgültigkeit der Reichen, die Kriege, das Elend der Flüchtlinge, die Leiden der Armen und Verfolgten. Er sieht die Welt täglich ein Stück mehr sterben und die Menschheit an ihrer mangelnden Menschlichkeit zugrunde gehen. Und dann ist da noch etwas an ihm, das mir ein bißchen angst macht.«

Leila bückt sich nach einem Kieselstein. Er ist hellgrau und sieht aus wie ein kleines Ei. Sie betrachtet ihn, befühlt ihn und steckt ihn in die Tasche ihrer Jeans. »Ich habe als kleines Mädchen schon Kieselsteine gesammelt, das steckt noch immer in mir drin.«

Ich frage sie, was ihr an Wasserstein angst mache.

»Ich habe einmal eine häßliche Eifersuchtsszene mit ihm erlebt. Mein früherer Freund, Florian, war nicht bereit, mich kampflos aufzugeben, als ich bei Nicolas eingezogen war. Und ich hatte mich seelisch auch nicht ganz von Florian gelöst, also traf ich mich noch manchmal mit ihm. Ich wollte das Pflaster behutsam abziehen, weil ich spürte, ein Ruck würde weh tun. Nicolas litt darunter und bat mich, den Kontakt zu Florian ganz abzubrechen. Ich habe mich trotzdem noch ein paarmal mit ihm getroffen. Einmal, in der Stadt, liefen Florian und ich ausgerechnet Nicolas über den Weg. Nicolas war erst perplex; dann stürzte er sich auf Florian – verbal. Bei der Prügelei mit Worten war er Florian haushoch überlegen. Ich spürte unter der Oberfläche von Nicolas' Zynismus, den er Florian eimerweise ins Gesicht warf, einen Zerstörungsdrang, dessen Intensität mich erschreckte. Aber nicht seine Worte, nicht der aggressive Klang seiner Stimme – sein Blick war das eigentlich Erschreckende gewesen! Er hatte einen unheimlichen Ausdruck in seinen Augen, eine düstere Entschlossenheit, die dir angst macht, die dich fühlen läßt, dieser Mensch geht über Grenzen, vor denen du stehenbleiben würdest. Rede ich zuviel von Nicolas?«

»Nein. Rede weiter.«

»Andererseits ist er sehr charmant, sensibel, großzügig und aufmerksam, und deshalb vergesse ich oft meine Angst. Ich empfinde auch Dankbarkeit für Nicolas, obwohl er keine Dankbarkeit will. Er sagt, der Schenkende beschenkt sich selbst. Ich finde in ihm vieles, was ich bei meinem Vater vergeblich gesucht hatte: Brillanz, Originalität, Phantasie. Damit hat er mich von Anfang an in Bann geschlagen.«

»Wie hast du ihn eigentlich kennengelernt?«

»In einem Kaufhaus, in der Damen-Textilabteilung. Ich stand vor einem Drehständer mit Röcken und hatte gerade einen entdeckt, der mir gefiel. Plötzlich stand Nicolas lächelnd vor mir, sah mir bewundernd in die Augen und sagte: ›Sie sind die schönste Frau, die ich je gesehen habe. Durch Ihre Schönheit fühle ich mich wie ein soeben befreiter Flaschengeist. Darf ich Ihnen also die obligatorischen drei Wünsche erfüllen?‹ Er strahlte mich an. Ich bin schon oft von Männern angesprochen worden, manchmal durchaus phantasievoll, aber so etwas hatte noch keiner gesagt. Und er hatte es so natürlich gesagt, so spontan und echt, daß es mich berührte. Ich spürte, es kam aus dem Augenblick, er sagte keinen Spruch daher, sondern das, was er gerade empfand. Das imponierte und gefiel mir, und ich beschloß, auf sein Spiel einzugehen, solange es mich reizte. Ich zog den Rock vom Ständer, den ich bereits ins Auge gefaßt hatte und sagte: ›Das ist mein erster Wunsch.‹ Er zog die Stirn in Falten. ›Unglaublich bescheiden‹, murmelte er, schüttelte mißbilligend den Kopf, nahm mir den Rock aus der Hand, ging zur Kasse, bezahlte ihn, gab mir die Tüte mit dem Rock und sagte: ›Ihren ersten Wunsch haben Sie vergeudet. Überlegen Sie sich Ihren zweiten Wunsch besser. Stellen Sie Ihre wunderbare Bescheidenheit um Himmels willen nicht noch einmal unter Beweis. Wünschen Sie sich etwas Vernünftiges! Lassen Sie sich einen Traum erfüllen! Ein schickes Cabrio vielleicht? Eine neue Wohnungseinrichtung? Eine Reise in die Südsee? Lächeln Sie nicht so ungläubig! Ich meine es ernst. Ich bin kein armer Flaschengeist.‹«

Leila lacht, während drei in der Nähe eines Weidezauns stehende Kühe sie anglotzen. Sie bleibt stehen und erwidert ihre Blicke. »Kühe haben sanfte Augen«, bemerkt sie.

»Was war dein zweiter Wunsch?«

»Ich war an einem Punkt, wo ich mich fragte, ob ich weiterspielen oder aussteigen sollte«, sagt Leila. Wir lassen die Rinder stehen und spazieren weiter. »Ein sympathischer, kultivierter Mann hatte mir einen Rock gekauft, weil er mich schön fand. Ich konnte mich nun dafür bedanken und mich von ihm verabschieden. Andererseits reizte mich das Spiel zu sehr, um es sang- und klanglos abzubrechen. Und ich hatte mir tatsächlich schon öfter ein Cabrio gewünscht – es macht so viel Spaß, im Sommer damit durch die Gegend zu fahren. Nicolas strahlte mich an. Er spürte, daß er mich neugierig gemacht hatte. ›Die Erfüllung eines so großen Wunsches würde mich Ihnen gegenüber verpflichten‹, sagte ich, ›Sie würden eine Gegenleistung dafür verlangen.‹ Er lachte. ›Da kennen Sie einen Flaschengeist schlecht. Er erfüllt die drei Wünsche aus Dankbarkeit für seine Befreiung, ohne selbst Dankbarkeit zu erwarten. Es ist für ihn eine Frage der Ehre. Es ist ihm unmöglich, einen der drei Wünsche abzuschlagen. Sie haben mich befreit aus der Flasche des falschen Glaubens, daß ich nie einer Frau wie Ihnen begegnen würde. Nun werde ich Ihnen noch zwei Wünsche erfüllen.‹«

»Sag schon: Was war dein zweiter Wunsch?«

»Ein Cabrio. Nicolas' Mundwinkel zuckten, als würde ihn mein Wunsch amüsieren. ›Ihr Wunsch wird in Erfüllung gehen‹, versprach er. Dann zog er seine Brieftasche aus der Jacke, entnahm ihr einen Stift und einen Scheck, den er unterschrieb und mir mit den Worten gab: ›Damit gehen Sie in ein Autohaus und kaufen sich ein funkelnagelneues Cabrio Ihrer Wahl. Wenn Sie es gefunden haben, müssen Sie nur noch den Kaufvertrag unterschreiben und den Kaufpreis samt Zusatzkosten auf dem Scheck eintragen. Den geben Sie dann dem Verkäufer, der Sie mit herzzerreißender Leidensmiene um Verständnis dafür bitten wird, daß er Ihnen das Cabrio erst übergeben kann, wenn die Kaufsumme dem Firmenkonto gutgeschrieben wurde. Der Scheck könnte ja ungedeckt sein.‹ Er lachte. Ich sah auf den Scheck und versuchte, Nicolas' Unterschrift zu lesen, konnte sie aber nicht entziffern. Er zog eine unbedruckte Karte aus seiner Brieftasche, schrieb eine Nummer darauf und hielt sie mir entgegen. ›Das ist meine Geheimnummer. Bitte geben Sie die nicht weiter. Rufen Sie mich an, wenn Sie Ihr Cabrio haben – und sagen Sie mir Ihren dritten Wunsch.‹ Ich nahm die Karte, sah ihm in die Augen und wußte in diesem Moment: Er meinte, was er sagte. Ein interessanter, großzügiger Exzentriker, dachte ich, der reich und spontan genug ist, einer fremden Frau ein teures Auto zu schenken, bloß weil er sie schön findet – ohne dafür etwas zu verlangen. ›Darf ich Ihren Vornamen wissen?‹ fragte er. Ich nannte ihm meinen Namen. ›Leila und der Flaschengeist‹, sagte er und lachte leise, ›das paßt!‹

Dann schenkte er mir einen leuchtenden Abschiedsblick – und ging.«

Raffiniert, denke ich. Filmreif. Reicher, nicht mehr ganz junger Mann verliebt sich auf den ersten Blick in schöne, junge Frau und ködert sie mit einer märchenhaft originellen Flaschengeist-Masche. Er beeindruckt sie mit Phantasie und souveräner Rhetorik, sammelt Punkte mit jungenhaftem Charme und läßt durchblicken, daß Geld bei ihm keine Rolle spielt. Er hat sie gekauft, denke ich, während ein plötzlicher Windstoß Leilas Haare in mein Gesicht weht. Er hat sie mit seinem Geld gelockt. Nein, er hat sie verführt, in ein Spiel verwickelt, das sie faszinierte, korrigiere ich mich. Er hat ihren Spielinstinkt geweckt, er hat ihr ein Abenteuer angeboten, das alle Regeln der Kontaktaufnahme brach. Er hat sie quasi aufgefordert, sich von ihm eine größere Geldsumme zu wünschen. Dafür wollte er nur ihren Vornamen wissen. Damit wußte er nichts von ihr, weder ihre Anschrift noch ihre Telefonnummer. Doch die brauchte er nicht, denn sie hatte ja seine Geheimnummer. Und er hatte noch seinen besten Trumpf in der Hand – die Erfüllung ihres dritten Wunsches.

»Ich hatte damals gerade mein Kunststudium abgeschlossen, ein Zimmer in einer Wohngemeinschaft, in der ich mich nicht mehr wohl fühlte, nicht genug Platz und Licht zum Malen. Mein Portemonnaie war am Ende des Monats immer leer«, erzählt Leila weiter. »Meine Beziehung zu Florian drohte auseinanderzubrechen. Ich war in einer Situation, aus der ich herauswollte. Da begegnete ich meinem Flaschengeist. Trotz der Märchenhaftigkeit seines Angebots und der Sympathie, die ich für ihn empfand, war mir seine Risikofreudigkeit unheimlich. Andererseits imponierte sie mir gewaltig. Er ging das Risiko ein, daß ich mein Cabrio abholte und seine Telefonnummer wegwarf.«

»Er ist ein Spieler«, sage ich. »Und du hast dein Cabrio abgeholt.«

»Ja.« Leila nickt mehrmals kurz. »Ich habe eine Reihe von Autohäusern abgeklappert, teure Marken, billigere Marken. In einem Mittelklasse-Laden glänzte ein auberginefarbenes Cabrio mit schwarzem Dach im Schaufenster. Und ich wußte, das ist es. Ich trug die Kaufsumme ein, gab den Scheck ab, und in der Woche darauf konnte ich es mir abholen. Ich brauchte ein paar Tage, um zu begreifen, daß es tatsächlich mir gehört. Auf dem Kfz-Brief las ich staunend meinen Namen. Alle wollten wissen, woher ich das Auto hatte. Ich habe es mir von einem Flaschengeist gewünscht, sagte ich.«

Wir kommen jetzt, nach einer Schleife durch das kleine Waldstück, wieder auf den Flußweg zurück. Eine Krähe landet nicht weit von uns im Gras und beäugt uns vorsichtig. Ich überlege, ob es Wasserstein möglich gewesen wäre, über den eingelösten Scheck an Leilas Adresse zu kommen. Auf seinem Kontoauszug konnte er den Namen des Autohauses finden. Und dort hätte er aus dem richtigen Verkäufer mit einer guten Geschichte und einem großzügigen Schmiergeld Leilas Adresse herauslocken können. Aber wozu wäre das gut gewesen? Er hätte sich alles verdorben, wenn er plötzlich vor Leilas Tür gestanden hätte. Ein befreiter Flaschengeist eruiert keine Adresse und drängt sich nicht auf, er erwartet keine Dankbarkeit. Er wartet ab.

»Du lebst sehr schön hier«, sagt Leila. »Die Natur strahlt so viel Weite, Ruhe und Freiheit aus. Dagegen ist es in der Stadt eng und laut.«

»Könntest du dir vorstellen, hier zu leben?« frage ich sie.

»Ja. Ich bin auf dem Land aufgewachsen. Eigentlich bin ich ein Naturkind, das es in die Großstadt verschlagen hat.«

Eine ganze Weile gehen wir schweigend. Als wir die Flußbiegung erreichen und mein Haus zu sehen ist, frage ich Leila: »Und der dritte Wunsch?«

»Ich weiß ihn noch nicht. Im richtigen Moment wird er mir einfallen.«

»Und wie ging es mit Nicolas weiter?«

»Ich rief ihn an, zwei Wochen nach unserer Begegnung im Kaufhaus, und lud ihn zu einem Essen in einem thailändischen Restaurant ein. Ich wollte einfach wissen: Was ist das für ein Mann, der einer Frau, die er schön findet, ein teures Auto schenkt, ohne nach ihrer Adresse oder Telefonnummer zu fragen. Ein reicher Mann. Aber die reichsten sind meistens auch die geizigsten Männer, und bevor sie etwas verschenken, sichern sie sich die gewünschte Gegenleistung. Also ein besonderer reicher Mann. Ich war neugierig auf ihn. Wir aßen gut und führten ein spannendes Gespräch. Im Verlauf des Abends mischte sich meine Sympathie für ihn mit Bewunderung für seinen Esprit und Charme – und wurde Zuneigung. Er fragte mich nach meinem dritten

Wunsch. Ich sagte ihm, der müsse von selbst kommen, aus dem Augenblick, und das könne morgen sein oder erst in einem Jahr. Er lächelte, nickte und sagte, wann immer ich ihn auch äußern und wie immer er auch lauten möge – er würde ihn erfüllen, auf sein Wort könne ich bauen. Ich zweifelte nicht daran. Als ich ihn nach seinem Namen fragte, lachte er und sagte, er habe so lange in seiner Flasche geschlafen, daß er seinen Namen vergessen habe, aber er werde sich bemühen, sich an ihn zu erinnern. Ich empfand plötzlich ein zärtliches Gefühl für ihn. Als er mich nach Hause brachte, wußte ich, daß ich ihn wiedersehen wollte. Beim Abschied gab er mir wortlos ein in Geschenkpapier verpacktes Buch. Ich öffnete es erst, als ich im Bett lag. Es war ein Roman und hieß *Vertraute Fremde*. Der Name des Autors war Nicolas Wasserstein. Der Name sagte mir etwas, ich wußte, daß er ein erfolgreicher Schriftsteller war, hatte aber noch nichts von ihm gelesen. Ich schlug das Buch auf und hoffte, auf der Umschlagklappe ein Autorenfoto zu sehen, aber da war keins. Ich las die ersten zehn Seiten, denn dann weiß ich meistens, was mich erwartet. Aus zehn Seiten wurden dreißig, aus dreißig wurden fünfzig, und mir wurde immer klarer: Nicolas Wasserstein ist ein toller Schriftsteller.«

»Ja, das ist er«, sage ich ohne Neid. »Und wie ging es weiter?«

»Eine Woche später trafen wir uns in einem Café. Er hatte mir kaum aus dem Mantel geholfen, da fragte er mich schon, ob ich das Buch gelesen hätte. Ich sagte:

›Ein tolles Buch. Es hat mich fasziniert und gebannt. Und ich habe einiges gelernt.‹ Er strahlte mich an und antwortete: ›Wunderbar! Übrigens – der Flaschengeist hat sich an seinen Namen erinnert. Er heißt Nicolas Wasserstein. Ein seltsamer Name, nicht wahr?‹ Ich starrte ihn ungläubig an. Er nahm seine Brieftasche, zog seinen Personalausweis hervor und reichte ihn mir. Ich sah sein Gesicht auf dem Ausweisfoto, las seinen Namen und erkannte die unleserliche Unterschrift wieder, die ich schon auf dem Blankoscheck nicht entziffern konnte. Ich mußte dreimal tief durchatmen. Dieser Mann liebt unglaubliche Überraschungen, dachte ich und gab ihm seinen Ausweis zurück. Und er schreibt wie ein junger Gott. Nicolas schenkte mir an diesem Tag noch zwei seiner Romane, diesmal unverpackt, und sagte, ich solle keine Angst haben, mehr als das habe er nicht geschrieben.«

Wir haben jetzt das Haus erreicht und bleiben vor den Stufen der Terrasse stehen, als wollten wir das noch nicht ganz beendete Gesprächsthema nicht mit ins Haus tragen.

Leila blickt den Fluß hinunter und sagt: »Mit der Kenntnis seiner Identität und der Bewunderung seiner Romankunst wurde meine Zuneigung zu ihm immer größer. Ich stand auf der Schwelle zur Verliebtheit, wobei es mir egal war, daß er doppelt so alt war wie ich. Ich war mir bewußt, daß er mich sehr liebte. Er war in seiner Liebe nie aufdringlich oder fordernd, immer sensibel und aufmerksam. Das nahm mich mehr und mehr für ihn ein. Wir gingen öfter zusammen aus, besuchten Cafés, Kinos, Restaurants, Galerien, spielten Tischtennis in seinem Keller und führten lange Gespräche im Wintergarten. Nicolas faszinierte mich mehr und mehr. Eines Tages – wir kannten uns zwei Monate – schlug er mir vor, in seine Villa zu ziehen. Er bot mir sein Dachgeschoß zu meiner ausschließlichen und seine gesamte Villa zu meiner sonstigen Verfügung an, ohne mehr dafür zu erwarten, als daß ich sein Haus mit meiner Gegenwart schmücke, wie er sich ausdrückte. In meiner Wohngemeinschaft fühlte ich mich nicht mehr wohl und wäre wahrscheinlich ohnehin bald umgezogen. Also nahm ich Nicolas' Angebot an, stellte aber Bedingungen: Ich behalte meine Freiheit und meine Privatsphäre. Wenn ich male, möchte ich nicht gestört werden. Wenn ich irgendwohin gehe, will ich darüber keine Rechenschaft ablegen müssen. Wenn ich verreisen will, möchte ich nicht zurückgehalten werden. Ich bleibe ein freier Mensch, sonst ziehe ich nicht ein, sagte ich zu Nicolas. Er akzeptierte meine Bedingungen sofort und stellte nur eine Gegenbedingung: Ich sollte meinen Freunden und Verwandten seine Identität verheimlichen; er wolle sich vor aufdringlichen Lesern und Journalisten schützen. Ich akzeptierte. Für meine Freunde ist Nicolas ein ehemaliger Kunsthändler namens Manfred Jung, der sich aus dem Geschäftsleben zurückgezogen hat und seine Ruhe haben will.«

»Manfred Jung. Stammt der Namensvorschlag von Nicolas?«

Leila nickt.

Ich muß grinsen. »Da war wohl der Wunsch der Vater des Gedankens. Nicolas mag ja vieles sein. Aber jung ist er nicht mehr.«

»Für sein Alter hat er sich sehr gut gehalten«, verteidigt Leila ihn. »Als ich mich entschlossen hatte, bei ihm einzuziehen, zog er mit mir durch edle Möbelhäuser und ließ mich aussuchen, was mir gefiel. Er bezahlte die ganze Einrichtung meines Zimmers und Ateliers und schenkte sie mir, um mir das Gefühl zu geben, mit meinen eigenen Möbeln zu leben. Ich wohne seit anderthalb Jahren in seinem Haus. Er hat nie meine Freiheit angetastet und immer meine Privatsphäre respektiert – von ein paar Ausnahmen abgesehen. Er hat den Kontakt zu meinen Freunden akzeptiert, obwohl ihm das sicher nicht immer leichtgefallen ist, denn er hat mit dem Dämon der Eifersucht zu kämpfen. Und er war immer großzügig.«

»Mit seiner Großzügigkeit kann ich mithalten«, stelle ich fest. »Mit seinem Geld leider nicht.«

Leila dreht sich zu mir, legt ihre Hände auf meine Schultern und sieht mir in die Augen: »Geld ist nur Papier. Liebe ist das Leben. Ich habe noch nie so etwas erlebt wie mit dir, Gabriel. So etwas Großes, Starkes, Magisches. Ich habe nie ein solches Glück empfunden wie mit dir. Eine solche Harmonie, eine solche Schönheit. Ich wußte überhaupt nicht, was Glück ist. Du hast mir die Augen geöffnet.«

Wir lächeln uns an, wobei sich unsere Lippen langsam immer näher kommen, bis unser Lächeln in einen rauschhaften Kuß ausufert, in dem die stille Weite der

Landschaft uns zärtlich umfängt und unsere Seelen in den Himmel hebt.

Nicolas Wasserstein ist nicht mehr in unserem Bewußtsein vorhanden, als wir ins Haus gehen, um unsere letzten gemeinsamen Stunden auszukosten. Wir haben ihn ins Vergessen geküßt.

Am frühen Abend bringe ich Leila zu ihrem Auto ins Dorf. In der Nähe der Bäckerei steht ihr auberginefarbenes Cabriolet. Sie braucht für den Rückweg rund drei Stunden, will vor Mitternacht wieder zu Hause sein. Ich frage sie nicht nach dem Grund. Ich vertraue ihr. Sie weiß, was sie tut. Es fällt mir schwer, mich aus unserer Abschiedsumarmung zu lösen, sie in ihr Auto steigen und davonfahren zu sehen. Doch die Traurigkeit der Trennung fällt auf dem Rückweg zum Haus bald von mir ab, und die Vorfreude auf das nächste Wochenende triumphiert. Ich gehe mit einem Lächeln zurück zum Haus. Nur sechs Tage, und ich werde Leila wieder umarmen!

Ich bin glücklich. Jeder Schritt ist ein Schritt der Freude. Die Welt ist schön, jeder Baum auf meinem Weg ein Geschenk. Es ist herrlich, die Luft zu atmen, den leichten Wind im Gesicht zu spüren und den Fluß hinaufzusehen, der gemächlich durch die saftigen, grünen Wiesen fließt. Es ist wunderbar, so zu lieben. Wunderbar, so zu leben.

Ich muß an Wassersteins Worte über die Gottesvorstellung der nordamerikanischen Indianer denken – und erkenne ihre tiefe Schönheit und Richtigkeit.

Wakan Tanka, das *Große Geheimnis*, die göttliche Kraft – ich erlebe sie zum ersten Mal. Wenn Leila und ich uns küssen und umarmen, spüre ich, wie sie mich durchströmt, erhöht und verzaubert. Ich sehe das *Große Geheimnis* in Leilas Augen glänzen, spüre es in ihren Händen wirken, in ihrem Herzen strahlen. Ich werde erfüllt und erhellt von einer wunderbaren Kraft. Meine Seele verneigt sich in tiefer Freude und Dankbarkeit.

Ich blicke über den Fluß auf das weite Land hinaus und empfinde mit nie gekannter Intensität, daß ich ein Teil der Natur bin. Ein neues Leben liegt vor mir, ein Leben im Bewußtsein des Schöpfungswunders, das von einer desorientierten Zivilisation zerstört wird, die in ihrer heillosen Konfusion nicht einmal ahnt, was wirkliche Liebe ist – der Weg ins *Große Geheimnis*.

7

Drei Tage später, am Mittwoch mittag, höre ich plötzlich Schritte auf der Terrasse. Überrascht stehe ich auf, öffne die Tür – und sehe in Leilas Augen! Bei aller wilden Freude über ihr völlig unverhofftes Kommen erkenne ich sofort, daß etwas geschehen ist. Ihre sonst immer glänzenden Augen wirken matt, ihr Lächeln hat sein Strahlen verloren. Als wir uns wortlos umarmen, zittert sie am ganzen Körper und beginnt leise zu weinen. Ich halte sie so lange fest, bis ihr Weinen und Zittern verebbt sind.

Dann führe ich sie ins Haus, lenke sie behutsam zum Sofa und hole ihre Reisetasche hinein, die noch draußen vor der Tür steht. Ich setze mich zu ihr und lege meine Arme um sie. So sitzen wir lange, ohne ein Wort, und ich spüre erleichtert, wie Leila langsam innerlich zu sich kommt, wie das Leben wieder in sie zurückströmt. Was ihr auch immer geschehen sein mag, es kann nicht allzu schlimm gewesen sein, denn sie erholt sich schon davon.

Urplötzlich sagt sie: »Ich bin so froh, daß ich bei dir bin«, lächelt mich an, und der verlorene Glanz kehrt in ihren Blick zurück. Sie sieht mir tief in die Augen, als suche sie etwas. Was es auch ist, ich glaube, sie findet es. Und wenn nicht in meinen Augen, findet sie es in unseren Küssen, unseren Umarmungen, unserer Zärtlichkeit. In der Magie, die wieder von uns Besitz ergreift. Ich stelle ihr keine Fragen. Viel wichtiger als die Neugier auf den Grund ihres Kommens ist für mich die Freude darüber, *daß* sie gekommen ist.

Am Nachmittag sagt sie: »Komm, laß uns aufstehen und rausgehen!«

Wir gehen flußaufwärts, vorbei an der Biegung, hinter der mein Haus unseren Blicken entschwindet. Unweit vom Bauernhof bleibt Leila vor dem alten, hölzernen Bootssteg stehen, an dem ein Ruderboot festgemacht ist, das dem Sohn des Bauern gehört. (Zumindest habe ich ihn einige Male darin an meinem Haus vorbeirudern sehen.) Leila geht spontan auf den Steg, steigt in das Ruderboot und setzt sich. Mit einer anmutigen Geste der Hand fordert sie mich auf, ihr zu folgen. Ich setze mich ihr gegenüber.

»Jetzt sitzen wir in einem Boot«, stellt sie fest. Sie atmet tief durch, sieht in den grauen Himmel und senkt den Blick langsam, bis er sich mit meinem trifft. »Deine Gedichte an mich, Gabriel, deine schönen Liebesgedichte haben uns verraten! Nicolas hat sie heute morgen gelesen. Seit ich sie von der Post abgeholt hatte, waren sie in meiner Handtasche. Normalerweise nehme ich die Handtasche mit hoch in mein Zimmer. Gestern abend habe ich sie unten an der Garderobe vergessen. Angeblich ist sie heute morgen auf den Boden gefallen, als Nicolas seinen Bademantel von der Garderobe nahm. Dabei soll der Brief mit deinen Gedichten aus der Tasche gerutscht sein, direkt vor Nicolas' Füße. Sagt er. Ich kann mir nicht vorstellen, daß es so passiert ist. Ich glaube, daß Nicolas in meiner Tasche geschnüffelt hat.«

Leila beugt sich zur Seite und taucht kurz eine Hand ins Wasser. »Kühl. Wie Nicolas heute morgen in der Küche. Ich kam gegen zehn herunter, um mir einen Tee zu machen, sah ihn am Küchentisch sitzen und spürte sofort, daß er es wußte. Sein Blick sagte es mir. Erst sein Blick, dann der Brief mit deinen Gedichten auf dem Küchentisch. Ich bin nach dem Aufstehen nicht sofort voll da, aber als ich deinen Brief sah, war ich mit einem Schlag hellwach. Nicolas nahm den Umschlag, grinste sehr seltsam, zog die beiden Blätter mit deinen Gedichten heraus und begann damit, sie laut vorzulesen. Er gestikulierte übertrieben und zog Grimassen, um die Gedichte lächerlich zu machen, aber es gelang ihm nicht. Aus seinem Verhalten sprach die nackte Eifersucht. Ich stand vor dem Tisch und konnte ihn nur anstarren, bis er mitten im zweiten Gedicht endlich aufhörte. Ich sagte ihm, er habe mich sehr enttäuscht. Er meinte, er habe wesentlich mehr Grund als ich, enttäuscht zu sein. Dann kamen Fragen wie: ›Wie heißt er, dieser Hobby-Dichter? Wo wohnt er? Wie lange kennst du ihn schon? Schläfst du mit ihm? Liebst du ihn? Wie oft siehst du ihn? Seine Gedichte sind dilettantisch. *Du bist das Brot, das ich esse.* Wie poetisch! Wie schmeckst du ihm denn besser, mit Käse oder mit Marmelade?‹ Ich war sprachlos. Ich starrte ihn fassungslos an und sah ein seltsam entschlossenes Gesicht, das er mir noch nie gezeigt hatte – ein hartes, distanziertes Gesicht. Mir wurde kühl, als hätte mich ein kalter Luftzug gestreift.«

Ein Fisch springt in der Nähe des Bootes aus dem Wasser ein paar Zentimeter in die Luft und plumpst wieder in sein Element zurück. Und gleich darauf, als sei er mit seinem bescheidenen Sprung nicht zufrieden, versucht er es ein zweites Mal, ohne den ersten Eindruck zu verbessern.

»Nicolas' Blick machte mir angst. Er hatte wieder diese unheimliche Intensität, wie damals in der Situation mit Florian. Ich sagte zu Nicolas: ›Du hast dein Wort gebrochen – und mein Vertrauen. Und ich spüre, du läufst Gefahr, noch mehr zu zerstören. Deshalb ist es besser, wenn ich jetzt gehe.‹ Dann verließ ich die Küche, ging hoch und packte meine Reisetasche. Ich wollte weg, weg von Nicolas. Ich ging nur noch kurz in die Küche zurück, weil ich deine Gedichte wiederhaben wollte. Nicolas saß noch immer auf seinem Stuhl und starrte mich mit beängstigender Intensität an! Die beiden Zettel mit deinen Gedichten lagen auf dem Tisch. Ich streckte meine Hand aus, um sie zu nehmen, doch Nicolas kam mir zuvor. Er packte die Zettel, setzte ein dämonisches Grinsen auf – *und zerriß deine Gedichte*! Als könnte er damit deine Liebe zerreißen. Er zerriß sie in kleine Schnipsel, und die warf er hoch in die Luft. Sie fielen auf die Tischplatte und auf den Boden. Ein Schnipsel trudelte direkt auf mich zu. Ich streckte die Hände aus und fing ihn auf. Er trug die Worte: ›*die Wahrheit, die mich befreit.*‹ Es war so, als hättest du mir damit eine magische Botschaft geschickt, einen Hinweis auf das, worauf es in meiner Situation jetzt ankam. Die Wahrheit, die mich befreit.«

Sie schweigt einen Augenblick und blickt ins Leere, ehe sie fortfährt: »Dann sagte ich Nicolas die befreiende Wahrheit: daß ich dich liebe. Aber daß ich gern mit ihm befreundet bleiben würde. Da sprang er auf und schrie mich an: ›Und warum erfahre ich das erst jetzt? Warum hast du mir keine Chance gegeben, um dich zu kämpfen? Wolltest du deine zarte, junge Liebe schützen vor meiner Eifersucht? Wie kannst du jemanden lieben, der so miese Gedichte schreibt?‹ Ich erschrak. Er hatte mich noch nie angeschrien. Und wenn ich angeschrien werde, von wem auch immer, ist für mich das Gespräch beendet. Ich drehte mich um und ging ohne Abschiedsgruß aus der Küche.«

Ich muß daran denken, was Wasserstein zu Vincent und mir gesagt hat: Will man jemanden wirklich kennenlernen, muß man ihn in eine Ausnahmesituation bringen, die ihn mit intensiven, elementaren Gefühlen konfrontiert, die seine Persönlichkeitsfassade aufreißen, damit man den wahren Menschen hinter dem vorgetäuschten erkennt. Das Ungeheuerliche an der Sache ist, daß ich bei unserem Besuch kläglich daran gescheitert bin, auch nur den kleinsten Blick hinter Wassersteins Persönlichkeitsfassade zu werfen. Und jetzt bin ich derjenige, der sie aufgerissen hat, mit zwei Liebesgedichten.

Mir kommt in den Sinn, was Wasserstein über das menschliche Gehirn erzählt hat. Selbst wenn man noch so ruhig und vernünftig sein will, siegt in manchen

Situationen die Emotion. Ich fühle mich verwirrt und frage mich, ob es richtig war, daß Leila Wasserstein so lange nichts von uns erzählt hat. Mein schlechtes Gewissen, das ich immer wieder unterdrückt habe, taucht plötzlich vor mir auf und sieht mir vorwurfsvoll in die Augen.

»Nicolas lief mir nach«, sagt Leila. Sie steht noch immer unter dem Eindruck der Ereignisse. Die Enttäuschung, die Verunsicherung, die Angst sind ihr ins Gesicht geschrieben. »Im Korridor erreichte er mich und packte mich ziemlich grob am Arm. Ich schrie vor Schmerz auf. Er zog seine Hand zurück und entschuldigte sich. Es täte ihm leid, es täte ihm unsagbar leid, ich sollte es ihm nicht verübeln. Seine Stimme zitterte. Ich spürte, er war den Tränen nah. Plötzlich sank er auf den Boden, hielt seine Hände vors Gesicht und begann hemmungslos zu weinen. Ich hatte ihn noch nie weinen gesehen.«

Leilas Stimme zittert. Ich spüre ihr Mitgefühl für Wasserstein und teile es. Ich stelle mir vor, wie Wasserstein weinend auf dem Fußboden sitzt, gequält von der Gewißheit, daß Leila einen anderen liebt. »Ich stand da und wußte nicht weiter. Ich konnte ihn doch nicht in diesem Zustand allein lassen. Also setzte ich mich zu ihm. Er weinte und schluchzte heftig, aber nicht lange. Mir wurde bewußt, daß ich freundschaftliche Gefühle für ihn empfand, aber keine Liebe mehr. Falls ich jemals Liebe für ihn empfunden habe. Zärtliche Freundschaft, das war es wohl. Liebe ist das, was ich fühle, seit ich dir in der Straßenbahn in die Arme fiel.«

Ihr von den Erinnerungen gezeichnetes Gesicht verliert seine Anspannung in einem Lächeln, das mich tief berührt. Ich würde sie am liebsten in die Arme nehmen, will sie aber nicht stören, denn sie erzählt weiter: »Als Nicolas nicht mehr weinte, sagte ich ihm, daß ich jetzt erst einmal etwas Abstand brauche und mich dann wieder bei ihm melden werde. Er lachte bitter und sagte: ›Abstand nennt man das jetzt? Früher nannte man es Sex!‹ Ich stand auf, nahm meine Reisetasche in die Hand und ging. ›Gehst du jetzt zu deinem Dichterling? Leila, du darfst mich nicht im Stich lassen‹, schrie er mir hinterher. ›Wenn du mich verläßt, wirst du es bereuen!‹ Mit dieser vagen Drohung verstärkte er nur meine Entschlossenheit. Ich hasse Erpressungsversuche, ich habe sie schon immer gehaßt. Ich ging durch die Haustür, durch den Vorgarten, durchs Gartentor zu meinem Cabrio. Jemand hatte seinen Wagen so dicht hinter meinem geparkt, daß kein Platz war zum Zurücksetzen. Glücklicherweise war vorne genug Abstand zum nächsten Auto, um aus der Lücke herauszukommen. Ich wollte gerade den Motor anlassen, als Nicolas urplötzlich vor meinem Auto stand. Wie ein Fels in der Brandung, direkt vor der Stoßstange, als wollte er mir sagen: Du mußt mich schon überfahren, wenn du jetzt gehen willst! Ich wußte nicht, was ich tun sollte, ich wurde konfus. Eine innere Stimme sagte mir, ich müsse jetzt konsequent bleiben. Als ich in Nicolas' Gesicht sah, tat er mir wieder leid. Er sah plötzlich so elend aus, so verstört, verzweifelt.«

Leila stöhnt und sieht mich an. Ihr Gesichtsausdruck

verändert sich, so als sähe sie geistig alles wieder vor sich. Ihre Augen verengen sich, Falten erscheinen auf ihrer Stirn.

»Ich war völlig durcheinander in dieser Situation, überfordert. Ich wußte nicht mehr, was richtig und was falsch war. Als mich mein Mitgefühl zu lähmen begann, hatte ich plötzlich wieder Nicolas' dämonisches Grinsen vor Augen, mit dem er deine Gedichte zerrissen hatte, und mein Mitleid mit Nicolas verging. Ich stieg aus und sagte ihm, er solle mich jetzt bitte fahren lassen. Er reagierte überhaupt nicht. Ich sagte ihm, er sei auf dem besten Weg, auch noch unsere Freundschaft zu zerstören. Er stand wie angewurzelt da und starrte wie ein Zombie auf die Windschutzscheibe. Ich stieg wieder ins Auto und ließ den Motor an, aber ich brachte es nicht fertig, Gas zu geben, weil ich Angst hatte, Nicolas würde nicht von der Stelle weichen. Ich fühlte mich wie eine Gefangene und sah in Nicolas meinen Wärter, der meinen Ausbruch vereiteln wollte. Ich schaltete die Automatik auf N und gab Vollgas. Der Motor heulte auf. Nicolas zuckte nicht mal mit der Wimper. Ich fragte mich, ob ich aussteigen und zu Fuß gehen sollte, aber ich hatte Angst, daß er mir nachlaufen und mich mit Gewalt aufhalten würde. Was sollte ich tun?«

Leila atmet tief durch, hebt den Kopf und sieht in den von dichten, hellgrauen Wolken versperrten Himmel. Ihr Blick folgt dem Flug einer Amsel, die auf dem höchsten Ast einer Birke am Flußufer landet. Dann erzählt sie weiter: »Ich bekam das erschreckende Gefühl, als würde ich den Mann, mit dem ich so lange unter einem Dach gelebt hatte, überhaupt nicht kennen. Plötzlich wurde mir die Besonderheit der Situation bewußt. Ich war dabei, mit demselben Auto, mit dem Nicolas mich zu sich gelockt hatte, von ihm wegzufahren. Mit der Erfüllung meines zweiten Wunsches. Einen Wunsch hatte ich noch frei. Und auf einmal wußte ich ihn – den dritten Wunsch. Er stieg aus der Tiefe meines Gefühls in mein Bewußtsein. Ich schaltete den Motor ab und stieg wieder aus. ›Flaschengeist – ich habe noch einen Wunsch bei dir frei, erinnerst du dich?‹ sagte ich. Nicolas zuckte überrascht zusammen und sah mich an. Sein Blick veränderte sich, kam zurück aus seiner unheimlichen Erstarrung, wurde wieder lebendig.«

Leila beißt sich auf die Unterlippe, stöhnt und fährt fort: »Nicolas begann sogar leicht zu lächeln. Hoffnung leuchtete in seinen Augen auf. ›Ja‹, sagte er, ›dein dritter Wunsch! Weißt du ihn endlich? Das ist gut, das ist gut. Nenne ihn mir! Ich werde ihn dir erfüllen, so wahr ich hier stehe!‹ Dann kamen die Worte wie von selbst aus meinem Mund, ich hätte sie nicht bremsen oder anders formulieren können. Ich sagte zu ihm: ›Mein dritter Wunsch lautet: Geh mir aus dem Weg!‹ Nicolas wurde leichenblaß. Seine Lippen begannen zu zittern. Ich verdrängte mein Erschrecken über meine Worte, stieg wieder ins Auto und startete den Motor. Ich wollte in diesem Moment einfach nur noch weg, weg von ihm. Verstehst du? Ich hatte Angst – ich war konfus. Er starrte mich durch die Windschutzscheibe an, aber anders als vorher – verletzt, schockiert, hilflos. Schließlich senkte er den Kopf und ging mit unendlich langsamen

Schritten zur Seite, auf den Gehweg. Ich parkte aus und fuhr los. Nach ein paar hundert Metern sagte mir ein intensives Gefühl, daß ich Nicolas in seinem Zustand nicht allein lassen durfte. Ich hielt an, kämpfte mit mir – und wäre fast wieder umgekehrt. Aber dann fuhr ich doch weiter. Ich konnte nicht mehr zurück. Ich fuhr ziellos in der Stadt umher. Dann wußte ich, wohin ich wollte – zu dir. Während der ganzen Fahrt hatte ich das Gefühl, aus meiner Vergangenheit in meine Zukunft zu fahren.«

»Du wirst in deine Vergangenheit zurückkehren müssen«, sage ich nach einer Weile. »Du wirst ihn irgendwann wiedersehen.«

Leila nickt.

»Wenn du das tust, wird er alles versuchen, um dich zurückzugewinnen. Er wird sich für sein Verhalten entschuldigen. Und vielleicht die richtigen Worte finden.«

Leila schüttelt den Kopf. »Ich kann ihn ja verstehen, er fühlt sich von mir hintergangen. Aber seine Enttäuschung gibt ihm nicht das Recht, einen solchen psychischen Druck auf mich auszuüben. Schließlich habe ich mich nicht in dich verliebt, um ihn zu verletzen. Es ist einfach passiert. Und ich habe unsere Liebe durch mein Schweigen instinktiv schützen wollen. Meine Absicht war gut. Vielleicht war mein Schweigen falsch, verwerflich, vielleicht war es feige – aber meine Absicht war gut.«

Ich fühle, daß Leila Bestätigung sucht, und sage: »Ja. Manchmal ist die Absicht das Entscheidende.«

Leila beugt sich vor und legt ihre Hände auf meine Schultern. Ich strecke meine Arme aus und umfasse zärtlich ihren Kopf. Wir sehen uns lange in die Augen.

Wir hören das Bellen des alten Kettenhundes vom Bauernhof. Eine aufgestörte Elster fliegt schimpfend über den Fluß. Schließlich steigen wir aus dem Boot und gehen Arm in Arm langsam zurück zum Haus.

Wir sprechen an diesem Tag (und auch am nächsten) kein Wort mehr über Nicolas Wasserstein. Es ist, als hätten wir ihn in dem Ruderboot zurückgelassen. Vielleicht, denke ich, haben wir nur in diesem Boot gesessen, um ihn dort lassen zu können – wie wir ihn am Wochende bei unserem Spaziergang draußen vor der Tür gelassen hatten.

Im Haus gibt es nur unsere Liebe.

8

Am Freitag morgen stehen wir nur auf, um eine Kleinigkeit zu essen, und gehen dann wieder ins Bett, kuscheln uns aneinander, schließen die Augen und lassen uns ineinander fallen. Immer wieder suchen sich unsere Lippen, küssen unsere Zungen Liebe durch alle Zellen unserer Körper. Mehr und mehr bewundere ich Leilas Schönheit, glühe in der Wärme ihrer Zärtlichkeit, schmelze im Feuer ihrer Leidenschaft. Ich zweifle nicht daran, daß wir das größte Glück miteinander erleben, das Liebende erleben können.

Irgendwann nachmittags steht Leila auf, geht in die Küche und ruft mir zu: »Wir sollten etwas fürs Abendessen einkaufen. Das Brot ist zu hart. Käse und Butter brauchen wir auch.«

Mich ergreift ein seltsames Unbehagen bei der Vorstellung, ins Dorf zu gehen. Ich will mit Leila im Haus bleiben.

Sie kommt zurück zu mir ins Bett. Ich ziehe sie zärtlich an mich und flüstere: »Ich koche uns Spaghetti.«

Doch sie will sich nicht damit zufriedengeben. »Komm, mein Erzengel«, sagt sie, »wir sind schon den ganzen Tag im Bett. Ein Spaziergang wird uns guttun.«

»Sieh mal aus dem Fenster, es sieht nach Regen aus«, versuche ich instinktiv abzuwehren, was uns bevorsteht. Schon den ganzen Tag lang habe ich ein ungutes

Gefühl, das ich vor Leila verberge, zumal ich es mir selbst nicht erklären kann.

»Leila, laß uns hierbleiben. Hier ist es am sichersten.«

»Wieso?«

»Heute ist Freitag, der 13.«

Leila lacht und küßt mich auf die Nasenspitze. »Du bist doch nicht abergläubisch?«

»Ich mag jetzt einfach nicht aufstehen und ins Dorf gehen. Laß uns zu Hause bleiben!«

Doch Leila ist nicht von ihrem Impuls abzubringen. Sie nimmt meine Hand und versucht, mich aus dem Bett zu ziehen. »Komm, Gabriel, ich will den frischen Wind spüren«, bittet sie.

Schließlich gehen wir doch gemeinsam ins Dorf. Wir gehen Hand in Hand in das bevorstehende Unheil, Hand in Hand den ganzen Weg vom Haus bis in den kleinen Lebensmittelladen.

Wir sehen die Zeitung im selben Augenblick. Nur noch ein einziges Exemplar liegt auf der Theke neben der Kasse. Die großen, rot unterstrichenen Schlagzeilen stechen mir ins Auge: *Nicolas Wasserstein – Selbstmord aus Liebeskummer?*

Mir stockt der Atem. Ich suche Leilas Blick. Sie steht neben mir und starrt wie in Trance auf die Schlagzeilen. Ihr Gesicht ist maskenhaft reglos. Ich greife reflexartig zu dem Blatt, falte es, stecke es in meine Jackentasche und lege ein Markstück auf die Theke. Dann nehme ich Leila am Arm und führe sie behutsam aus dem Geschäft. Die Verkäuferin ruft uns etwas nach, das ich nicht verstehe.

Ich kann nichts denken, nichts fühlen. Der Schock ist wie eine Welle über mich hinweggerollt und hat meine Gefühle und Gedanken mit sich davongerissen. Ich weiß nicht, was in Leila vorgeht, ob sie auch diese Leere in sich empfindet. Sie läßt sich willenlos von mir aus dem Dorf führen, zum Fluß hin, auf den Feldweg zu meinem Haus. Wir sprechen kein Wort, sehen uns nicht an. Ihr Schritt ist unsicher. Wir gehen langsam.

Etwa auf halbem Weg zum Haus bleibt Leila stehen und zieht mir das Boulevardblatt aus der Tasche, legt es auf das Gras neben dem Weg und kniet sich davor. Ich knie mich neben sie. Gemeinsam starren wir auf die Schlagzeilen. Über ihnen hat die Zeitung zwei Porträtfotos abgedruckt, von Wasserstein und Leila. Wasserstein lacht. Darunter der Text: »Nicolas Wasserstein in glücklichen Zeiten.« Unter Leilas Bild die Worte: »Hat diese Frau Wasserstein in den Tod getrieben?«

Unter den Schlagzeilen steht: »Nicolas Wasserstein ist tot. Der weltberühmte Schriftsteller (52) nahm sich am Mittwoch morgen mit Zyankali das Leben – allem Anschein nach aus Liebeskummer. Seine junge, schöne Lebensgefährtin bekam Liebesbriefe – postlagernd! Wasserstein hinterließ einen Abschiedssatz und eine Testamentsänderung. (Weiter auf S. 3)«

Leila blättert mit zitternden Händen um, und wir lesen: *»Tragischer Selbstmord eines großen Schriftstellers.* Konnte Nicolas Wasserstein nicht verkraften, daß seine schöne Geliebte, die junge Malerin Sara B. (Name v. d. Red. geändert) ein Verhältnis mit einem anderen Mann hatte? Sara B. hatte anderthalb Jahre in Wassersteins Haus gewohnt, in dem der öffentlichkeitsscheue Romanautor inkognito lebte.

Am Mittwoch mittag betrat Wassersteins Haushälterin Gabi S. (Name v. d. Red. geändert) die weiße Jugendstilvilla des Schriftstellers und rief nach ihm. Sie bekam keine Antwort und entdeckte auf seinem Schreibtisch zwei von Wasserstein handgeschriebene Blätter. Auf dem ersten Blatt stand nur ein Satz: ›Ich habe geliebt wie nie zuvor und wurde enttäuscht wie nie zuvor.‹

Das zweite Blatt war eine Testamentsänderung. Im Falle seines Selbstmords, verfügte Wasserstein, solle sein gesamtes mobiles und immobiles Vermögen (ca. 12 Millionen Mark) einer Indianer-Reservation im US-Bundesstaat Dakota gespendet werden. Er erklärte sein vorheriges Testament, in dem er Sara B. als seine Alleinerbin eingesetzt hatte, für ungültig.

Panisch durchsuchte Gabi S. das Haus und fand Wasserstein im Schlafzimmer, auf seinem Bett. Schokkiert rief sie die Polizei.

In der Küche des Selbstmörders entdeckte die Polizei einen an Sara B. adressierten Briefumschlag und verstreute Schnipsel eines zerrissenen Briefes. Beim Zusammensetzen der beiden Briefbogen stellte sich heraus, daß ein Schnipsel fehlt. Der Brief enthält zwei innige, schwärmerische Liebesgedichte ohne einen Hinweis auf den Dichter. Er hatte sie postlagernd an Sara B. geschickt – ohne seinen Namen preiszugeben. Waren die zerrissenen Liebesgedichte der Anlaß, der Nicolas Wasserstein in den Tod trieb? Welche Bedeutung hat der fehlende Schnipsel?

Wie schon sein Leben, so gibt auch Nicolas Wassersteins Tod uns ein Rätsel auf. Mit ihm haben wir einen bedeutenden Schriftsteller verloren, dessen Romane Millionen von Menschen in aller Welt faszinieren. Die Liebe war immer sein Thema gewesen, nicht nur in seinen Büchern. Wurde er jetzt zu ihrem Opfer?«

Leila schüttelt immer wieder heftig den Kopf, als wolle sie das Gelesene aus ihrem Bewußtsein schütteln. Plötzlich schließt sie die Augen, zieht ihre Stirn in Falten und beginnt schnell und heftig zu atmen. Nach einigen Minuten, in denen ich sie nur hilflos und besorgt anschauen kann, beruhigt sich ihr Atem wieder. Ihre Augen sind nach wie vor geschlossen, und so sitzt sie im Gras, ohne sich zu bewegen, apathisch, in sich versunken, unerreichbar für mich. Ich versuche nicht einmal, sie zu berühren.

Sie sitzt sehr lange so. Es kommt mir vor wie eine Ewigkeit. Ich sehe sie die ganze Zeit an und warte darauf, daß sie aus ihrer Starre erwacht und wieder die Augen öffnet. Ich warte voller Hoffnung und voller Angst, weil ich ahne, daß sich alles mit ihrem ersten Blick entscheiden wird.

Als er dann kommt, erschreckt er mich bis ins Mark. Es ist ein Blick ohne Liebe, ohne Leben, ohne Glanz, ein matter, leerer Blick, der durch mich hindurchgeht, als existierte ich nicht. Ich beginne lautlos zu weinen, Tränen rinnen mir über das Gesicht. Leilas Blick verändert sich nicht. Nicht nur ihr Körper, auch ihr Herz ist versteinert. Ich kann ihren Blick nicht ertragen, aus dem die Liebe restlos gewichen ist, die ihn immer beseelt hat.

Ich bin in einem Alptraum, aus dem ich nicht erwachen kann, denn er ist die Wirklichkeit.

Ich stehe abrupt auf, gehe zehn, zwanzig Schritte am Ufer entlang und drehe mich zu Leila um. Sie hat keinen Muskel bewegt, sitzt da, als würde sie sich nie wieder rühren, nie wieder aufstehen und ewig ins Leere sehen wollen. Ob ich weine, ob ich aufstehe und gehe – sie nimmt es gar nicht wahr, sie fühlt nichts, sieht nichts, ihre Sinne und ihr Herz sind betäubt.

Plötzlich muß ich an den seltsamen Traum denken, den ich in der Nacht nach dem Besuch bei Wasserstein hatte – der Traum, in dem Wasserstein ein weinender Kommissar war, dem ein unentbehrliches Glied in seiner Indizienkette fehlte – *ein Stück Papier, nur ein Stück Papier*. Besteht ein magischer Zusammenhang zwischen dem Stück Papier in meinem Traum und dem fehlenden Papierschnipsel in Wassersteins Küche? Durchdringen sich Wirklichkeit und Traum? *Die Wahrheit, die mich befreit*. Diese Worte klingen auf einmal wie der blanke Hohn.

Mit seinem Selbstmord hat Wasserstein Leila einen Schock versetzt, von dem sie sich vielleicht nie erholen wird. Wie konnte Wasserstein Leila so etwas antun? Er hatte sie doch geliebt! Nein – er hatte sie nur so lange geliebt, *wie sie keinen anderen Mann liebte*. Seine Liebe zu ihr endete mit der Erkenntnis ihrer Liebe zu mir. Sie endete mit einem Schlag und schlug um in Zerstörungswut.

Mir wird klar: Wasserstein hatte Leila nicht wirklich geliebt, sondern vor allem sich selbst. Daß sie, die schöne, junge, begehrte Frau *ihn* allen anderen Männern vorzog, war die eigentliche Basis seiner Liebe zu ihr gewesen, die Basis seiner befriedigten Eigenliebe. Diese Basis hatte Leila ihm entzogen, als sie sich in mich verliebte. Und so fiel Wasserstein aus seiner Liebe zu Leila, die im Grunde Selbstliebe war, in einen Haß, der im Grunde Selbsthaß war. Nur wer sich haßt, kann sich töten.

Die Liebe ist eine köstliche Blume am Rand eines grausigen Abgrunds. Leila und ich hatten den Mut, sie zu pflücken. Doch Wasserstein warf sich in den Abgrund und riß uns im Sprung die Blume aus den Händen. Nicht nur sich selbst, auch die Liebe zwischen Leila und mir wollte Wasserstein töten. Und es ist ihm gelungen, zumindest bei Leila. Die Lawine des Schreckens hat ihre Liebe zu mir lebendig unter sich begraben.

Ich weiß nicht, was ich tun soll. Meine Verzweiflung in den Wind hinausheulen, dem grauen Himmel entgegenschreien? Nein, ich darf Leila nicht erschrecken. Ich gehe zu ihr zurück, knie mich neben sie, berühre behutsam ihre Schulter und sage sanft: »Komm, laß uns zum Haus gehen.«

Sie zeigt nicht die geringste Reaktion.

Plötzlich ergreift ein heftiger Windstoß das Boulevardblatt und schleudert es in den Fluß, wo es von der Strömung aufgenommen und weggetragen wird. In diesem Augenblick bekomme ich das furchtbare Gefühl, Leilas Liebe für immer verloren zu haben.

Irgendwann gelingt es mir doch noch, Leila zum Aufstehen zu bewegen. Ich stütze sie wie eine Kranke, den ganzen Weg zurück zum Haus. Ein elendes Schweigen lastet auf uns, das mir Tränen in die Augen treibt, als ich daran denke, wie wunderbar unser gemeinsames Schweigen immer gewesen war.

Endlich erreichen wir das Haus. Ich habe Leila immer wieder von der Seite angesehen, doch sie hat meinen Blick kein einziges Mal erwidert. Der Schock hat sie in ihren seelischen Grundfesten erschüttert. Sie hatte Wassersteins Warnung, daß sie es bereuen werde, wenn sie gehen würde, nicht an sich herangelassen. Weil sie trotz seiner Bitten und Drohungen zu mir gefahren ist, hat sie ihn in den Selbstmord getrieben. So scheint sie es zu empfinden. Aber so ist es nicht! Sie trägt keine Schuld an seinem Selbstmord, das muß ich ihr begreiflich machen, sobald sie wieder ansprechbar ist. Sie darf sich nicht von der Presse die Schuld in die Schuhe schieben lassen. Wenn ein Mann sich umbringt, weil seine Freundin einen anderen liebt, muß er das allein verantworten.

Behutsam führe ich Leila die Stufen der Terrasse hoch, schließe die Haustür auf und lenke sie sanft zu dem Sofa, auf das sie sich mit einem leisen, klagenden Laut sinken läßt. Ich weiß, daß ich jetzt stark sein, die richtigen Worte sagen, die richtigen Dinge tun muß. Aber ich spüre, daß ich immer unsicherer und schwächer werde, als würde Leilas elender Zustand mir alles Leben aus der Seele saugen. Ich habe Angst, Leila zu berühren, denn meine Hände sind kalt und seltsam steif geworden, sie können keine Zärtlichkeit, keine Wärme geben. Ich suche verzweifelt nach Worten, mit denen ich Leila erreichen könnte. Sie starrt an die Wand.

»Leila«, sage ich leise.

Sie reagiert nicht.

Ich knie mich vor ihr auf den Boden, suche ihren Blick – und sehe in eine Leere, die mich noch tiefer in die Verzweiflung treibt.

Impulsiv stehe ich auf und gehe durch die angelehnte Haustür auf die Terrasse, getrieben von einem dumpfen, trotzigen Widerstand gegen den Fluch, den Wasserstein mit seinem Selbstmord auf Leila und mich gelegt hat. Ich gehe zum Fluß hinunter und starre ins Wasser. Ich spüre, wie meine Seele sich mit letzter Kraft gegen ihr Schicksal aufbäumt. Sie setzt meinen Körper in sinnlose Bewegung, läßt ihn laufen, immer schneller laufen, den Flußweg entlang zur Flußkrümmung, schneller und schneller, als würde er um mein Leben rennen, mein eigentliches Leben, das ich doch schon verloren habe.

Als ich keuchend, stöhnend und von heftigem Seitenstechen geplagt im Gras liege, weiß ich, mein einsames Rennen war nur ein verzweifelter Versuch, meiner Verzweiflung zu entkommen, ein kindischer, hilfloser Versuch, vor der Wahrheit davonzulaufen. Als ich wieder dazu fähig bin, stehe ich auf und gehe langsam den Weg zum Haus zurück.

Ich öffne die Tür und sehe Leila am Schreibtisch sitzen. Vor ihr liegt mein Briefblock, auf den sie ein paar Zeilen geschrieben hat. Neben dem Schreibtisch steht ihre Reisetasche auf dem Boden, gepackt. Ich erschrecke zu Tode und bleibe wie angewurzelt auf der Türschwelle stehen.

Sie sieht mich kurz an, reißt das beschriebene Blatt vom Block, faltet es und steckt es in ihre Hosentasche.

»Sollte das ein Abschiedsbrief werden?« frage ich kläglich.

Sie beißt sich auf die Unterlippe und sieht auf den Boden.

Sie ist also aus ihrer Erstarrung erwacht, als ich vor meinem Schatten zu flüchten versuchte. Sie hat genug Energie aufgebracht, ihre Reisetasche zu packen. Wäre ich länger weggeblieben, hätte ich sie wahrscheinlich nicht mehr angetroffen. Sie hätte es fertiggebracht, mich mit einem beschriebenen Blatt Papier allein zu lassen!

Wie sie sich, wie sich alles verändert hat – so sehr, daß ich mich weigere, es als real anzuerkennen. Doch die Wirklichkeit drängt mich mehr und mehr an die Wand und zwingt mich, ihr ins Auge zu sehen. Leila ist in einen furchtbaren Abgrund der Erstarrung, des Entsetzens, der Schuldgefühle gestoßen worden – ein Sturz vom Himmel in die Hölle. In der Hölle ist jeder auf sich gestellt, jeder ist einsam und verflucht. Die Hölle ist das verlorene Paradies der Liebe, und die Liebenden müssen sich trennen, um ihre Einsamkeit nicht noch zu verschlimmern mit den quälenden Erinnerungen an das Glück, das sie ins Unglück führte. Ich verstehe, daß Leila gehen will, gehen muß.

Plötzlich sieht sie zu mir auf. Unsere Blicke treffen

sich. Sie stößt ein langgezogenes Stöhnen aus, das ich nie vergessen werde. Ihre Hilflosigkeit, ihre Trauer und Schuldgefühle, ihr ganzes Leid fließt mit ihrem Stöhnen in mich hinein und läßt den letzten Funken meiner Hoffnung erlöschen, daß ich sie halten kann.

»Ich muß gehen«, sagt sie leise.

»Du darfst nicht gehen«, erwidere ich, gegen meine eigene Einsicht. »Du hast keine Schuld an seinem Tod.«

»Ich muß gehen«, wiederholt sie mit monotoner Stimme.

»Wohin willst du gehen?«

»Zu Maria.«

»Du hast einen Schock erlitten, Leila. Du darfst jetzt nicht Auto fahren. Ich kann dich so nicht gehen lassen. Ich werde dich zu deiner Schwester fahren!« unternehme ich einen letzten, ungeschickten Versuch, das Unvermeidliche zu vermeiden.

Doch ich provoziere damit nur die Worte, die mich endgültig zu Boden werfen. Sie flüstert sie nur, aber ich höre sie dennoch und soll sie wohl auch hören: »Ich muß jetzt allein sein. Bitte laß mich gehen.«

Leila steht mit seltsamer Langsamkeit auf und nimmt ihre Reisetasche in die Hand. Sie sieht mich an. Ein grausiger Abgrund klafft zwischen diesem Blick und den zärtlichen, weit offenen Blicken ihrer Liebe. Ich könnte vor Trauer und Verzweiflung schreien. Doch ich bleibe stumm, spüre, wie alle Muskeln sich verkrampfen und Tränen aus meinen Augen quillen.

Leila kommt mit schwankenden Schritten auf die halb offene Tür zu, in der ich noch immer stehe. Sie bleibt einen Schritt vor mir stehen. Ich lege meine starren Hände behutsam auf ihre Schultern und suche, rufe mit letzter Seelenkraft ihren Blick. Doch er bleibt in sich verschlossen, so sehr ich versuche, ihn zu befreien. Einen Moment lang erscheint es mir, als würde ein Hauch von Liebe, von Erinnerung an unsere Liebe in Leilas Augen aufleuchten, doch vielleicht täuscht mich der Tränenschleier vor meinen Augen.

Leila kommt einen Schritt auf mich zu und drückt ihre Stirn leicht gegen meinen Hals. Ich umfasse ihren Kopf mit meinen kalten Händen, meine Tränen fallen auf ihr Haar. So stehen wir stumm, bis sie sich von mir löst und mit unsicheren Schritten an mir vorbei über die Türschwelle auf die Terrasse geht.

»Leila – kommst du zu mir zurück?«

Sie bleibt stehen, dreht sich langsam zu mir um und sieht mich an. Verwirrung, Trauer und Schmerz sprechen aus ihrem schönen Gesicht, das mich noch vor wenigen Stunden voller Liebe und Glück angelächelt hatte. »Ich weiß es nicht. Ich weiß nichts mehr«, sagt sie leise und monoton.

Ich habe ihre Antwort im voraus gewußt, wie ich so oft vorausgewußt habe, was sie als nächstes sagen oder tun würde.

»Gabriel«, sagt sie kläglich und sieht mich ein letztes Mal an, als wolle sie sich mein Gesicht für immer einprägen. Dann schultert sie ihre Reisetasche, dreht sich um – und geht.

»Leila – ich liebe dich«, sage ich – zu leise, als daß sie es hören könnte.

Als sie den Feldweg erreicht, zögert sie kurz und geht zu meiner Überraschung nicht nach rechts, sondern nach links. Warum nimmt sie nicht den direkten Weg ins Dorf, zu ihrem Auto? Ist sie so verwirrt, daß sie nicht mehr weiß, in welcher Richtung das Dorf liegt? Soll ich sie nicht doch aufhalten? Nein, ich spüre mit bitterer Gewißheit: Ich muß sie gehen lassen, wohin sie gehen will. Und plötzlich weiß ich, warum sie den Umweg gewählt hat: Sie will nicht an der Stelle vorbeikommen, wo sie die Zeitung aufgeschlagen hat.

Auf diesem Weg wird sie an dem Ruderboot und am Bauernhof vorbeikommen, denke ich unwillkürlich, dort die Abzweigung nach links nehmen und auf einem Umweg ins Dorf gelangen. Sie wird sich in ihr Cabrio setzen und zu ihrer Schwester fahren. Hoffentlich fährt sie vorsichtig. Hoffentlich findet sie bei Maria die Hilfe, die ich ihr nicht geben kann – denn in ihren Augen trage ich Mitschuld an Wassersteins Tod. Meine Gedichte an Leila haben das emotionale Erdbeben ausgelöst, das Wassersteins Leben forderte. Meine Liebesgedichte haben zu einer Situation geführt, die Leila zu ihrem dritten Wunsch provozierte, dessen vernichtende Bescheidenheit Wassersteins Lebenswillen brach.

Während ich Leila nachsehe, die mit langsamen, unregelmäßigen Schritten und gebeugtem Kopf allmählich die Flußbiegung erreicht, ergreift mich am ganzen Leib ein Zittern, als stände ich plötzlich in eisiger Kälte. Leilas bedrückter Gang, ihr unsicherer Schritt, ihr hängender Kopf prägen sich mir tief ein. Ich weiß genau, daß sie sich nicht umdrehen wird, aber ich hoffe es dennoch.

Plötzlich muß ich an Vincent denken, der vor zwei Monaten an derselben Flußbiegung aufgetaucht war, die Leila in diesem Augenblick erreicht. Als Leila jetzt an derselben Stelle verschwindet, wo Vincent erschienen war, um mich zu ihr zu führen, schließt sich ein Kreis, der mich von meinem eigentlichen Leben ausschließt. Denn ich muß die Frau gehen lassen, die ich ein Leben lang lieben werde. Wie soll ich Leila vergessen, wie soll ich je eine andere lieben können? Wasserstein hat mich mit seinem Selbstmord dazu verurteilt, eine Frau mein Leben lang zu lieben, die ich vielleicht nie wiedersehen werde. Er hat mich zu einem Schicksalsgenossen von Madschnun gemacht.

Leila verschwindet hinter den dichten Büschen an der Flußbiegung, ohne sich nach mir umzudrehen. Ich starre lange auf den Punkt, an dem ich sie zuletzt gesehen habe. Die Angst, daß ich sie nie mehr wiedersehen werde, schnürt mein Herz ein. Wenn ich jetzt noch einen Sinn darin sehen würde, ihr hinterherzulaufen, könnte ich es nicht mehr. Das Zittern wird immer stärker, meine Beine können mich nicht mehr tragen. Mir wird schwindelig, kalter Schweiß bricht mir am ganzen Körper aus, ich bekomme einen schmerzhaften Anfall von Herzstechen. Ich lasse mich, wo ich stehe, auf meine Hände und Knie fallen und starre auf die Stelle, wo Leila sich meinem Blick und meinem Leben entzogen hat. Starre und starre auf die Flußbiegung, bis die Abenddämmerung hereinbricht und mir die Sicht nimmt.

Es regnet schon seit einer Weile – ein feiner, dichter Regen, den der Wind mir immer wieder ins Gesicht weht. Ich liege auf dem Terrassenboden. Der Wind ist kühler geworden, der Regen wird immer stärker. Ich bin unfähig, mich zu bewegen, obwohl eine innere Stimme mir sagt, ich solle mich aufraffen und ins Haus gehen, sonst würde ich mir noch den Tod holen. Ich habe mir schon den Tod geholt, denke ich. Mein wahres Leben habe ich gelebt, mein kurzes, wahres Leben mit Leila. Was jetzt noch kommt, wird bloßes Älterwerden sein, hohles Weitermachen. Es sei denn, sie kommt zu mir zurück.

Plötzlich erleuchtet ein Blitz den dunkel gewordenen Himmel, brennt sich mir bis in seine feinsten Verästelungen in die Augen, erschreckt mich – und erweckt mich mit seiner puren Kraft und Schönheit aus der Ohnmacht meiner Hoffnungslosigkeit. Zwischen Blitz und Donner weiß ich plötzlich, daß die winzige Hoffnung, Leila könnte eines Tages mit wiedergefundenem Lächeln vor meiner Tür stehen, mich am Leben halten wird.

Ich werde auf Leila warten! Sie wird Zeit brauchen, vielleicht Monate, vielleicht Jahre. Ich werde meine Hoffnung, die der Blitz mir schenkte, hegen und pflegen wie ein Gärtner die einzige Pflanze in seinem Garten, die ein verheerendes Unwetter verschont hat. Ich werde nicht aufhören, Leila zu lieben. Eines Tages wird sie vielleicht zurückkommen – befreit, ohne die Last der vermeintlichen Schuld an Wassersteins Tod auf ihrer Seele. Mit der Erkenntnis, daß es *seine* Entscheidung war. *Er* wollte nicht mehr leben. Er hatte sein Leben nicht mehr akzeptiert, als es eine scharfe Wendung nahm, die er nicht anerkennen konnte.

Wasserstein wurde nicht von unwiderstehlichen Emotionen dazu gebracht, sich das Leben zu nehmen. Er hat sich nicht im Affekt getötet. Wäre er in blinder Verzweiflung in den Selbstmord gegangen, hätte er sich nicht vorher an seinen Schreibtisch setzen können, um seine Enttäuschung in leserlicher Schrift zu formulieren und sein Testament zu ändern. Ihm wäre alles Schriftliche egal gewesen. Wasserstein wußte, was er tat, und er tat es bewußt.

Eines Tages wird Leila das erkennen. Sie wird sich die entscheidende Frage stellen, warum Wasserstein das Zyankali griffbereit im Haus hatte – und die Antwort finden, daß er schon ernsthaft daran gedacht haben muß, es zu benutzen, *bevor* sie ihn enttäuscht hatte. Sprach sie nicht von einem mysteriösen Trauma, das Wasserstein vor ihr verborgen gehalten hatte? Vielleicht lag dort Wassersteins wahres Selbstmordmotiv. Auch wenn Leila und ich eine Mitschuld an der Entwicklung der Geschehnisse tragen: Für den Selbstmord ist Wasserstein allein verantwortlich.

Eines wunderschönen Tages wird sie vor meiner Tür stehen, um bei mir zu bleiben. Diese Hoffnung kann mir niemand nehmen. Leila und ich konnten nicht anders, als uns zu lieben. Die Liebe selbst führte uns zusammen, mit überwältigender Kraft, sie wollte uns, gerade uns.

Ich stehe mühsam auf und schleppe mich über die

Schwelle ins Haus. Ich setze mich an den Schreibtisch, mache Licht und greife zu einem Stift, um ein Gedicht an Leila zu schreiben. Meine Hand zittert. Ich schreibe die ersten Worte:

Die Wahrheit, die dich befreit –

Regenwasser tropft von meinen Haaren auf das Papier und läßt die Schrift verschwimmen.

HANS KRUPPA

Delphine

Roman · 128 Seiten

Goldmann Taschenbuch 43445

Jan, der Werbetexter mit Herz und Humor, hat keine Lust mehr auf Affären. Er sehnt sich nach der ganz großen Liebe, nach Glück und Geborgenheit. Als eines Tages Delphine, eine attraktive Französin, vor seiner Tür steht, glaubt er sich auf einem am Ziel seiner Wünsche. Ein neues Leben wartet auf ihn – er muß nur den Mut haben, es von ganzem Herzen zu umarmen.

Eine zauberhafte Hommage an die Kraft der Liebe.
Voller Zärtlichkeit und Poesie.
Ein Buch für alle modernen Romantiker.

GOLDMANN